# A FORMA DA ÁGUA

# ANDREA CAMILLERI

# A FORMA DA ÁGUA

*Tradução de* Joana Angélica d'Avila Melo

L&PM
EDITORES

Texto de acordo com a nova ortografia.

Título original: *La forma dell'acqua*

Primeira edição: agosto de 2021
Esta reimpressão: novembro de 2023

*Tradução*: Joana Angélica d'Avila Melo
*Ilustração de capa*: @ Andy Bridge
*Preparação*: L&PM Editores
*Revisão*: Guilherme da Silva Braga

CIP-Brasil. Catalogação na publicação
Sindicato Nacional dos Editores de Livros, RJ.

C19f

Camilleri, Andrea, 1925-2019
A forma da água / Andrea Camilleri; tradução Joana Angélica d'Avila Melo. – Porto Alegre [RS]: L&PM, 2021.
192 p. ; 21 cm.

Tradução de: *La forma dell'acqua*
ISBN 978-65-5666-187-2

1. Ficção italiana. I. Melo, Joana Angélica d'Avila. II. Título.

21-72448            CDD: 853
                    CDU: 82-3(450)

Leandra Felix da Cruz Candido - Bibliotecária - CRB-7/6135

*La forma dell'acqua* 1994 © Sellerio Editore
Publicado mediante acordo especial com a Sellerio Editore em conjunto com os agentes indicados por eles Alferj e Prestia e The Ella Sher Literary Agency

Todos os direitos desta edição reservados a L&PM Editores
Rua Comendador Coruja, 314, loja 9 – Floresta – 90.220-180
Porto Alegre – RS – Brasil / Fone: 51.3225.5777

PEDIDOS & DEPTO. COMERCIAL: vendas@lpm.com.br
FALE CONOSCO: info@lpm.com.br
www.lpm.com.br

Impresso no Brasil
Primavera de 2023

**Nota do autor**

Considero indispensável declarar que esta narrativa não se origina do noticiário nem reúne fatos realmente ocorridos: em suma, deve ser inteiramente atribuída à minha fantasia. Porém, já que, nestes últimos tempos, a realidade parece querer superar a fantasia, ou mesmo acabar com ela, pode ter me acontecido alguma desagradável coincidência de nomes ou de situações. Mas, como se sabe, pelos jogos do acaso não se pode ser responsável.

I

No pátio da Splendor, empresa contratada para fazer a limpeza urbana de Vigàta, a luz da aurora ainda não havia entrado. Uma névoa baixa e densa embaçava inteiramente o céu, como se, de um canto a outro, alguém tivesse estendido um toldo cinza. Nenhuma folha se mexia, o siroco demorava a despertar de seu sono de chumbo e era cansativo pronunciar qualquer palavra. O chefe de turno, antes de distribuir as tarefas, informou que naquele dia, e também nos que viriam a seguir, Peppe Schèmmari e Caluzzo Brucculeri teriam suas faltas justificadas. Na verdade, essa ausência era mais do que justificada: ambos tinham sido presos na noite anterior, ao tentarem assaltar o supermercado à mão armada. A Pino Catalano e Saro Montaperto, jovens agrimensores devidamente desempregados como agrimensores, mas promovidos à categoria de "operadores ecológicos" adventícios em consequência da generosa intervenção do parlamentar Cusumano, a cuja campanha eleitoral os dois haviam dedicado corpo e alma (exatamente nessa ordem, fazendo o corpo muito mais do que a alma se dispunha a fazer), o chefe de turno atribuiu os lugares deixados vagos por Peppe e Caluzzo, mais exatamente o setor conhecido como o curral, porque, em tempos imemoriais, parece que um pastor costumava abrigar ali as suas cabras. Era um trecho amplo de matagal mediterrâneo, situado na periferia do lugarejo, que se estendia quase até a praia, tendo ao fundo os restos de uma grande usina de produtos químicos, inaugurada pelo onipresente parlamentar Cusumano quando parecia soprar com força o vento de sortes magníficas e progressivas. Mas depois aquele ventinho tinha se transformado rapidamente num fio de brisa, até estancar de vez: mesmo assim, havia conseguido provocar mais estragos que um tornado, deixando atrás de si um rastro de desocupados e dependentes do seguro-desemprego. Para evitar que os bandos por ali errantes, de negros e menos negros, senegaleses e argelinos, tunisianos e líbios, fizessem ninhos naquela fábrica, por todos os lados havia sido erguido um muro alto, por trás do qual se projetavam ainda as estruturas corroídas pelo mau tempo, pela incúria e pelo sal marinho, cada vez mais semelhantes à arquitetura de um Gaudí viciado em alucinógenos.

Tempos atrás, o curral representava, para aqueles que então recebiam a pouco nobre qualificação de lixeiros, um trabalho muito leve: em meio a pedaços de papel, sacos plásticos, latinhas de cerveja e Coca-Cola, cagalhões mal recobertos ou deixados ao vento, vez por outra despontava uma camisinha, tão rara que uma pessoa até podia, se para isso tivesse vontade e fantasia, tentar imaginar os detalhes daquele encontro. De um ano para cá, porém, as camisinhas eram um mar, um tapete, desde que um ministro de rosto sombrio e pesado, digno de figurar num quadro lombrosiano, havia extraído, de reflexões ainda mais sombrias e pesadas que seu rosto, uma ideia que de repente lhe parecera a solução para os problemas da ordem pública no sul. Ele tornou partidário dessa ideia o seu colega que se ocupava do exército, e que parecia sair sem tirar nem pôr de uma ilustração de Pinóquio. Assim os dois resolveram enviar à Sicília alguns destacamentos militares, a título de "controle do território", de modo a suavizar as tarefas de *carabinieri*, investigadores civis, serviços de informação, núcleos especiais operativos, fiscais de impostos, rodoviários, ferroviários e portuários, membros da Procuradoria Geral, grupos antimáfia, antiterrorismo, antidroga, antirroubo e antissequestro, além de outros aqui omitidos por brevidade, muito ocupados em outras tarefas. Logo após essa belíssima proposta dos dois eminentes estadistas, muitos filhinhos da mamãe piemonteses, imberbes recrutas friulanos que até o dia anterior se compraziam em respirar o ar fresco e pungente de suas montanhas, de uma hora para outra haviam se descoberto a ofegar penosamente, a arrancar-se em seus alojamentos provisórios, em lugares situados a cerca de um metro acima do nível do mar, em meio a uma gente que falava um dialeto incompreensível, feito, mais que de palavras, de silêncios, de indecifráveis movimentos das sobrancelhas e de imperceptíveis crispações das rugas. Haviam se adaptado como bem podiam, graças à sua pouca idade, e uma ajuda consistente tinha vindo dos próprios vigatenses, enternecidos por aquele ar desprotegido e desambientado que os rapazelhos forasteiros exibiam. Gegè Gullota, homem de férvido engenho, até aquele momento obrigado a sufocar seus dotes naturais de cafetão nos trajes de pequeno traficante de drogas leves, pensou em tornar menos difícil aquele exílio. Sabendo, por vias tanto transversas quanto ministeriais, da iminente chegada dos soldados, Gegè teve um lampejo de gênio e, para tornar operativo e concreto esse lampejo, recorreu prontamente à benevolência de quem de direito a fim de obter todas as inumeráveis e complicadas permissões necessárias. "De quem de direito" significava de quem realmente controlava o território, e nem de longe sonhava em atribuir concessões sobre papel timbrado. Em pouco tempo, Gegè pôde inaugurar no curral o seu mercado especializado em carne fresca e numa rica variedade de drogas leves. A carne fresca provinha em sua maioria dos países do Leste, finalmente libertados do jugo comunista, o qual, como todo mundo sabe, negava à pessoa humana qualquer dignidade. Noite afora, por entre a faixa de areia e as moitas do curral, essa dignidade reconquistada voltava a resplandecer. Mas não faltavam fêmeas do Terceiro Mundo, travestis, transexuais, bichinhas napolitanas e *gays* brasileiros. Havia de tudo para todos os gostos, um enxame, uma festa. E o comércio floresceu, para grande satisfação dos militares, de Gegè e de quem tinha concedido a Gegè as devidas autorizações em troca de um justo percentual.

Pino e Saro dirigiram-se ao local de trabalho empurrando cada um o seu carrinho. Para chegar ao curral gastava-se uma meia hora de caminhada, se feita lentamente, como eles estavam fazendo. Nos primeiros quinze minutos, já

suados e de saco cheio, ficaram calados. Depois, coube a Saro romper o silêncio:
— Esse Pecorilla é um corno — proclamou.
— Um tremendo corno — reforçou Pino.

Pecorilla era o capataz encarregado da distribuição das áreas a limpar, e claramente alimentava um ódio profundo contra quem tinha estudado, ele que só conseguira concluir o ensino médio aos quarenta anos porque Cusumano havia falado claro com o professor. E assim manejava as coisas de modo que o trabalho mais pesado e aviltante caísse sempre sobre os ombros dos três diplomados que havia em sua equipe. De fato, naquela mesma manhã, tinha atribuído a Ciccu Loreto o trecho do cais de onde zarpava o barco para a ilha de Lampedusa. O que significava que Ciccu, contador, seria obrigado a contabilizar as arrobas de dejetos que os vociferantes magotes de turistas, multilíngues mas irmanados por um total desprezo em relação à higiene pessoal e pública, tinham deixado atrás de si enquanto aguardavam a hora do embarque, no sábado e no domingo. E talvez Pino e Saro estivessem fadados a encontrar no curral, depois de dois dias de folga dos militares, uma bela zona.

Chegando os dois ao cruzamento da rua Lincoln com a avenida Kennedy (em Vigàta existiam igualmente uma praça Eisenhower e um beco Roosevelt), Saro se deteve.

— Vou dar um pulo em casa pra ver como está o meu menino — disse ao amigo. — Me espere aqui, um minutinho só.

Sem aguardar a resposta de Pino, Saro meteu-se pelo portão de um daqueles arranha-céus nanicos que chegavam no máximo a doze andares, surgidos por ali na mesma época da construção da fábrica química e, como esta, logo deixados sem manutenção ou até mesmo abandonados. Para quem chegava pelo mar, Vigàta apresentava-se como uma paródia de Manhattan em pequena escala, o que talvez explique o nome de suas ruas.

Nenè, o garotinho, mantinha-se vigilante. Dormia talvez duas horas por noite, passando o resto de olhos arregalados, sem nunca chorar – e desde quando alguém tinha visto uma criança que sequer lacrimejava? Dia após dia, consumia-o um mal de causa e tratamento desconhecidos. Os médicos de Vigàta não eram muito capazes. Seria necessário levá-lo para longe dali e procurar um grande especialista, mas com que dinheiro? Assim que seu olhar cruzou com o do pai, Nenè anuviou-se, uma ruga se formou em sua testa. Não sabia falar, mas se expressou, com muita clareza, por meio dessa muda reprovação a quem o metera naquela desgraça.

– Está um pouquinho melhor, a febre está passando
– disse Tana, a mulher de Saro, apenas para animá-lo.

O tempo havia melhorado e agora ardia um sol de rachar pedra. Saro tinha esvaziado seu carrinho umas dez vezes na lixeira que tinha surgido, por iniciativa particular, no ponto onde antigamente ficava a saída dos fundos da fábrica, e sentia a coluna vertebral arrebentada. Ao aproximar-se de uma viela que margeava o muro de proteção e desembocava na rodovia provincial, viu no chão alguma coisa que brilhava intensamente. Inclinou-se para observar melhor. Era um enorme pingente em forma de coração, cravejado de brilhantes e com um diamante bem grande no meio. Ainda trazia a corrente de ouro maciço, para pendurá-lo no pescoço, quebrada em um elo. A mão direita de Saro adiantou-se, agarrou o colar e guardou-o no bolso.

Ao dono pareceu que a mão direita tinha agido sozinha, sem que o cérebro, ainda paralisado de surpresa, lhe desse alguma ordem. Saro ergueu-se, banhado de suor, e olhou em torno, mas não viu ninguém.

Pino, que tinha escolhido o trecho do curral mais próximo da areia, percebeu de repente a frente de um carro, parcialmente escondido atrás de uma moita mais espessa que as outras, a uns vinte metros de distância. Deteve-se, espantado: não era possível que alguém tivesse demorado até àquela hora, sete horas da manhã, para trepar com uma puta. Começou a aproximar-se cautelosamente, pé ante pé, quase dobrado em dois, e, ao chegar perto dos faróis dianteiros, endireitou-se rapidamente. Nada aconteceu, ninguém o mandou tomar no cu, e o carro parecia vazio. Pino aproximou-se um pouco mais e finalmente percebeu a silhueta confusa e imóvel de um homem, sentado no banco do carona com a cabeça reclinada no encosto. Parecia mergulhado em sono profundo. Pino percebeu que havia algo de estranho. Virou-se e começou a gritar, chamando Saro. Este chegou sem fôlego, olhos arregalados.

– Que é, porra? O que é que você quer? O que deu em você?

Pino sentiu certa agressividade nas perguntas do amigo, mas atribuiu-a à corrida que este havia feito para alcançá-lo.

– Olha isto aqui.

Criando coragem, Pino aproximou-se do lado do motorista e tentou abrir a porta, mas não conseguiu: estava travada. Auxiliado por Saro, que agora parecia mais calmo, procurou alcançar a outra porta, à qual se apoiava parcialmente o corpo do homem, mas também não foi possível, porque o carro, um grande BMW verde, estava tão encostado na moita que impedia qualquer aproximação por aquele lado. Finalmente, esgueirando-se e arranhando-se nas sarças, os dois conseguiram ver melhor a face do homem. Este não dormia, mas tinha os olhos abertos e vidrados. Ao perceberem que aquilo era um cadáver, Pino e Saro gelaram de medo, de pavor: não pela visão da morte, mas porque reconheceram o morto.

– Parece que estou fazendo uma sauna – disse Saro, enquanto corria pela estrada provincial em busca de uma cabine telefônica. – Uma pancada fria e outra quente.

Assim que se livraram da paralisia provocada pelo reconhecimento da identidade do falecido, os dois entraram em acordo: antes mesmo de avisar as autoridades, convinha dar um outro telefonema. Sabiam de cor o número do deputado Cusumano e Saro o discou, mas Pino não esperou sequer que o telefone tocasse uma vez do outro lado.

– Desliga aí, vai – disse.

Saro obedeceu no ato.

– Não quer que a gente avise a ele?

– Vamos pensar no assunto, e pensar bem, porque a ocasião é importante. Ou seja, a gente sabe que Cusumano é um fantoche.

– Como assim?

– Um fantoche na mão do doutor Luparello, que é, quer dizer, era tudo. Com Luparello morto, Cusumano não é ninguém, não é porra nenhuma.

– E então?
– Nada feito.
Encaminharam-se para Vigàta mas, depois de alguns passos, Pino deteve Saro.
– Rizzo – disse.
– Eu pra esse aí não telefono, tenho medo, não conheço ele.
– Nem eu, mas vou ligar assim mesmo.
Pino pediu o número ao serviço de auxílio da telefônica. Ainda eram quinze para as oito, mas Rizzo atendeu logo ao primeiro toque.
– O dr. Rizzo, por favor?
– Sou eu.
– Doutor, desculpe incomodar a esta hora... mas é que encontramos o engenheiro Luparello... e parece que ele está morto.
Houve uma pausa, e depois Rizzo falou.
– E por que vocês vêm informar isso a mim?
Pino espantou-se: podia esperar tudo, menos aquela resposta, que lhe pareceu estranha.
– Mas como?! O senhor não é... o melhor amigo dele? Pensamos que era nossa obrigação...
– Eu agradeço. Mas, antes de qualquer coisa, vocês têm que fazer o seu dever. Bom dia.
Saro havia escutado o telefonema, com a bochecha encostada à de Pino. Os dois se entreolharam, perplexos. Era como se tivessem contado a Rizzo que haviam achado um presunto qualquer, de nome ignorado.
– Merda, eles não eram amigos? – injuriou-se Saro.

– E o que é que a gente sabe disso? Vai ver que nos últimos tempos andavam brigados – consolou-se Pino.
– E agora, a gente faz o quê?
– Vamos fazer o nosso dever, como disse o advogado – concluiu Pino.

Caminharam até o vilarejo e se dirigiram ao comissariado. Não lhes passou sequer por perto a ideia de procurar os *carabinieri*, que eram comandados por um tenente milanês. Já o comissário era de Catânia, atendia pelo nome de Salvo Montalbano e, quando queria entender uma coisa, entendia.

# 2

— De novo.
— Não — disse Livia, continuando a encará-lo com olhos que a tensão amorosa tornava ainda mais luminosos.
— Por favor.
— Não, já disse.
"Eu sempre gosto de ser um pouquinho forçada", lembrou-se ele: certa vez, ela havia cochichado isso em seu ouvido. Então, excitado, tentou abrir com o joelho aquelas coxas apertadas, enquanto segurava os pulsos dela com violência e lhe abria os braços, até fazê-la parecer crucificada. Olharam-se um instante, arfantes, e depois ela cedeu de repente.
— Vem — disse. — Vem, agora.
Justamente naquele momento o telefone tocou. Sem nem ao menos abrir os olhos, Montalbano esticou um braço, para agarrar nem tanto o fone, mas as fímbrias flutuantes do sonho que inexoravelmente se desvanecia.

– Alô! – atendeu, irritado com a interrupção.
– Comissário, temos um cliente.

Montalbano reconheceu a voz do *brigadiere* Fazio; o outro de igual nível, Tortorella, ainda estava no hospital em consequência de um tiro violento na barriga, disparado por um sujeito que pretendia passar por mafioso mas na verdade era um miserável corno de merda. No jargão deles, cliente significava um morto do qual deviam se ocupar.

– Quem é?
– Ainda não sabemos.
– Como foi assassinado?
– Não sabemos. Aliás, nem sabemos se ele foi mesmo assassinado.
– *Brigadiè*, não entendi. Você me acorda sem saber porra nenhuma?

O comissário respirou fundo para fazer passar aquela raiva sem sentido, que o outro aguentava com santa paciência.

– Quem encontrou ele?
– Dois lixeiros, no curral, dentro de um carro.
– Já estou indo para aí. Enquanto isso, você telefona pra Montelusa, chama a perícia e avisa o juiz Lo Bianco.

Ainda embaixo do chuveiro, Montalbano chegou à conclusão de que o morto só podia ser algum integrante do clã dos Cuffaro, de Vigàta. Oito meses antes, provavelmente por motivos de delimitação territorial, havia se desencadeado uma guerra feroz entre os Cuffaro e os Sinagra, de Fela; um morto por mês, alternadamente e em perfeita ordem: um em Vigàta e, a seguir, outro em Fela. O último, um certo Mario Salino, tinha sido alvejado em Fela pelos vigatenses; desta vez, portanto, o sorteado era evidentemente um dos Cuffaro.

Antes de sair de casa – morava sozinho numa casa à beira-mar, justamente do lado oposto ao do curral –, quis telefonar para Livia, em Gênova. Ela atendeu logo, com voz de sono.

– Desculpe, mas me deu vontade de te ouvir.

– Acabei de sonhar com você – respondeu a moça, acrescentando: – A gente estava junto.

Montalbano quase contou que também havia sonhado com ela, mas foi impedido por um absurdo pudor. Então, perguntou:

– Fazendo o quê?

– Uma coisa que a gente não faz há muito tempo – respondeu Livia.

No comissariado, afora o *brigadiere*, Montalbano só encontrou três agentes. Os outros tinham ido atrás do proprietário de uma loja de roupas que havia atirado numa irmã, por razões de herança, e depois fugido. Abriu a porta do xadrez. Os dois lixeiros estavam sentados no banco, grudados um ao outro, pálidos, apesar do calor.

– Esperem aí que eu já volto – disse Montalbano.

Eles, resignados, nem responderam. Todo mundo sabia que, quando alguém por qualquer motivo caía nas garras da lei, a coisa era sempre demorada.

– Algum de vocês avisou a imprensa? – perguntou o comissário à sua equipe. Eles acenaram que não. – Prestem atenção: não quero jornalista no meu pé.

Timidamente, Galluzzo adiantou-se e levantou dois dedos, como quem pede para ir ao banheiro.

– Nem o meu cunhado?

O cunhado de Galluzzo era o repórter da Televigàta, que se ocupava do telejornal sensacionalista, e Montalbano imaginou a brigalhada na família se Galluzzo não avisasse nada ao parente. De fato, Galluzzo dirigia-lhe agora um olhar canino, pidão.

– Tudo bem. Mas ele só pode vir depois da remoção do cadáver. E nada de fotógrafos.

Saíram na viatura de serviço, deixando Giallombardo de plantão. Ao volante sentava-se Gallo, ele e Galluzzo sendo alvos de piadinhas fáceis, do tipo: "Comissário, como vão as coisas no galinheiro?". Montalbano, que o conhecia bem, foi logo advertindo:

– Não se meta a correr, não há necessidade.

Na curva da Chiesa dei Carmine, Peppe Gallo não aguentou mais e acelerou, fazendo cantarem os pneus. Ouviu-se um ruído seco, como um tiro de pistola, e o carro derrapou. Desceram todos: o pneu traseiro direito estava arriado, rasgado por uma lâmina afiada. Os cortes eram evidentes.

– Cornos, filhos de uma puta! – explodiu o *brigadiere*.

Montalbano enfureceu-se de verdade.

– Vocês todos sabem que de quinze em quinze dias cortam nossos pneus! Cristo! E eu todas as manhãs aviso: olhem antes de sair! E vocês estão cagando, seus babacas! Qualquer dia alguém ainda vai nos fazer quebrar o pescoço!

Levanta daqui, aperta dali, gastaram uns bons dez minutos para trocar o pneu e, quando chegaram ao curral, a perícia de Montelusa já se encontrava lá. Parecia em fase

meditativa, como dizia Montalbano: cinco ou seis agentes passeavam, circunspectos, em torno do ponto onde estava o carro, com o queixo pendente sobre o peito e as mãos, como sempre, no bolso ou atrás das costas, como filósofos absortos em profundos pensamentos. Na verdade, caminhavam de olhos arregalados, procurando no chão algum indício, alguma pista ou pegada. Mal viu o comissário, o chefe da perícia, Jacomuzzi, correu ao encontro dele.
– Por que não tem repórteres aqui?
– Eu não quis.
– Dessa vez eles serão capazes de lhe dar um tiro por tê-los feito perder uma notícia como essa. – Jacomuzzi estava visivelmente nervoso. – Sabe quem é o morto?
– Não. Me diga.
– O engenheiro Silvio Luparello.
– Caralho! – foi o comentário lacônico de Montalbano.
– E sabe como ele morreu?
– Não. Nem quero saber. Depois eu mesmo vejo.

Ofendido, Jacomuzzi foi procurar sua turma. O fotógrafo da perícia havia terminado: agora era a vez do dr. Pasquano. Montalbano viu que o médico estava sendo obrigado a trabalhar numa posição incômoda, com a metade do corpo para dentro do automóvel, debruçando-se em direção ao banco vizinho ao do motorista, onde se percebia uma silhueta mal definida. Fazio e os agentes de Vigàta davam uma mãozinha aos colegas de Montelusa. O comissário acendeu um cigarro e virou-se para olhar a fábrica de produtos químicos. Aquela ruína deixava-o fascinado. Um dia, decidiu, iria voltar ali para tirar fotos que enviaria a Livia, explicando-lhe, com essas imagens, coisas sobre ele mesmo e sobre sua terra que a moça ainda não conseguia entender. Viu chegar o carro do juiz Lo Bianco, que desceu agitado.

– É mesmo verdade que o morto é o engenheiro Luparello?

Dava para perceber que Jacomuzzi não tinha perdido tempo.

– Parece que sim.

O juiz aproximou-se da equipe da perícia e começou a falar exaltadamente com Jacomuzzi e com o dr. Pasquano, que havia tirado da sacola uma garrafa de álcool e estava desinfetando as mãos. Depois de um tempo suficiente para cozinhar Montalbano ao sol, a turma da perícia pegou o carro e foi embora. Ao passar pelo comissário, Jacomuzzi não o cumprimentou. Montalbano escutou atrás de si a sirene de uma ambulância. Agora era a sua vez de agir, não havia jeito. Livrou-se do torpor no qual estava mergulhado e dirigiu-se para o automóvel onde estava o morto. No meio do caminho, o juiz o interrompeu.

– O corpo já pode ser removido. E, dada a notoriedade do pobre engenheiro, quanto mais nos apressarmos, melhor. De qualquer modo, o senhor me mantenha diariamente informado sobre o andamento das investigações.

Lo Bianco fez uma pausa e, como para mitigar a peremptoriedade das palavras que havia proferido há pouco, disse:

– Telefone para mim sempre que achar oportuno.

– Fez outra pausa e depois prosseguiu: – Sempre durante o expediente, que fique bem claro.

E afastou-se. Durante o expediente, e não em casa. Em casa, como era notório, o juiz Lo Bianco dedicava-se à elaboração de uma avultada e poderosa obra: *Vida e obra de Rinaldo e Antonio Lo Bianco, mestres jurados da Universidade de Girgenti (hoje Agrigento), no tempo do rei Martinho, o jovem (1402-1409)*, os quais ele considerava seus antepassados, conquanto nebulosos.

— Como foi que ele morreu? — perguntou Montalbano ao legista.

— Veja o senhor mesmo — respondeu Pasquano, afastando-se para o lado.

O comissário meteu a cabeça dentro do automóvel, que parecia um forno (no caso específico, um crematório), olhou pela primeira vez para o cadáver e de repente lembrou-se do chefe de polícia.

Lembrou-se não porque tivesse o hábito de elevar o pensamento ao seu superior hierárquico quando iniciava qualquer investigação, mas só porque, uns dez dias antes, ele e o velho chefe de polícia Burlando, que era seu amigo, haviam falado de um livro de Ariès, *História da morte no Ocidente*, que ambos tinham lido. O chefe sustentou que toda morte, mesmo a mais abjeta, sempre mantinha certa sacralidade. Montalbano retrucou, com sinceridade, que não conseguia ver nada de sagrado em qualquer morte, nem mesmo na de um papa.

Agora, gostaria de ter ao seu lado o chefe, para ver aquilo que ele estava vendo. O engenheiro sempre havia sido um tipo elegante, extremamente cuidadoso com todos os detalhes do corpo, e no entanto ali jazia sem gravata, com a camisa amarrotada, os óculos de través, o paletó com a gola incongruentemente erguida e as meias arriadas a ponto de cobrir os sapatos. Mas o que mais impressionou o comissário foi a visão das calças abaixadas até os joelhos, revelando a cueca branca, a camisa enrolada junto com a camiseta até o peito.

E o sexo, obscenamente, vergonhosamente exposto, grande, peludo, em total contraste com a miúda configuração do resto do corpo.

– Mas como foi que o engenheiro morreu? – repetiu ele ao médico-legista, ao sair do carro.

– Parece evidente, não? – respondeu rudemente Pasquano, acrescentando: – O senhor sabia que o infeliz tinha operado o coração com um grande cirurgião de Londres?

– Realmente, eu não sabia. Na última quarta-feira ele apareceu na televisão, e me pareceu bem de saúde.

– Dava essa impressão, mas não era bem assim. Como o senhor sabe, em política eles são como cães. Basta perceberem que você não pode se defender e logo atacam. Em Londres botaram nele duas pontes, dizem que foi uma operação difícil.

– Quem tratava dele em Montelusa?

– O meu colega Capuano. O engenheiro fazia um controle semanal, cuidava da saúde, queria parecer sempre em boa forma.

– O que é que o senhor acha? Devo falar com Capuano?

– Acho perfeitamente inútil. O que aconteceu aqui está evidente. O pobre do engenheiro teve a ideia de dar uma bela trepada por estas bandas, talvez com uma piranha exótica, foi em frente e aqui ficou.

O dr. Pasquano percebeu o olhar perdido de Montalbano.

– Não se convenceu?
– Não.
– E por quê?
– Sinceramente, nem eu sei. Amanhã o senhor me manda o resultado da autópsia?
– Amanhã?! Ficou maluco? Antes do engenheiro, eu tenho aquela mocinha de vinte anos estuprada num casebre e encontrada dez dias depois, devorada pelos cães. Depois é a vez de Fofò Greco, o infeliz que teve a língua e os colhões cortados e depois foi pendurado numa árvore pra morrer. A seguir vem...

Montalbano cortou o macabro elenco.

– Dr. Pasquano, vamos falar claro: quando o senhor me entrega o resultado?

– Depois de amanhã, se até lá não me mandarem correr pra tudo quanto é lado, examinando outros mortos.

Despediram-se. Montalbano chamou o *brigadiere* e os seus homens e disse-lhes o que deviam fazer e quando liberar o corpo para ser levado pela ambulância. Retornou ao comissariado em companhia de Gallo.

– Depois volte aqui pra apanhar os outros. E, se você se meter a correr, te arrebento os chifres.

Pino e Saro assinaram o depoimento, no qual se descrevia minuciosamente cada movimento deles, antes e depois da descoberta do cadáver. Faltavam, contudo, dois fatos importantes, que os lixeiros tomaram a precaução de não revelar aos policiais. O primeiro era que eles tinham reconhecido o morto quase imediatamente; o segundo, que haviam pressurosamente comunicado a descoberta ao advogado Rizzo. Os dois voltaram às suas casas; Pino, aparentemente com a cabeça nas nuvens, e Saro a apalpar de vez em quando o bolso no qual tinha guardado o colar. Durante pelo menos umas 24 horas, nada aconteceu. À tarde, Montalbano foi para casa, jogou-se na cama e caiu num sono de três horas. Depois se levantou e, como o mar em meados de setembro um verdadeiro espelho d'água, deu um mergulho longo. De volta a casa, preparou para si mesmo um prato de espaguete com polpa de ouriços-do--mar e ligou a tevê. Naturalmente, todos os telejornais locais falavam da morte do engenheiro e faziam-lhe elogios. Volta e meia aparecia algum político, com cara de circunstância, para recordar os méritos do defunto e os problemas que seu desaparecimento causava. Mas ninguém, nenhum que fosse, nem mesmo o único telejornal de oposição, arriscou-se a dizer onde e como havia morrido o pranteado Luparello.

# 3

Saro e Tana tiveram uma noite péssima. Não havia dúvida de que Saro tinha encontrado um tesouro, como aqueles de que se falava nos contos, nos quais pastores mendigos tropeçavam em jarras cheias de moedas de ouro ou em cordeirinhos cravejados de brilhantes. Mas, aqui, a questão era bem outra, muito diferente das histórias antigas. O colar, de feitura moderna, tinha sido perdido na véspera, com toda a certeza, e numa estimativa aproximada devia valer uma fortuna. Como era possível que ninguém tivesse se apresentado para dizer que a joia lhe pertencia? Sentados os dois à mesinha da cozinha, com a televisão ligada e a janela escancarada como todas as noites, a fim de evitar que os vizinhos, por uma mínima alteração nesses hábitos, começassem a fofocar e a botar olho grande, Tana rebateu prontamente a intenção manifestada pelo marido no sentido de vender o colar naquele mesmo dia, assim que se abrisse a loja dos irmãos Siracusa, joalheiros.

– Para começar – disse ela –, nós somos gente honesta e não podemos sair vendendo uma coisa que não é nossa.

– Mas o que você quer que a gente faça? Que eu chegue pro capataz, conte o que achei, entregue a ele o colar, e ele vai ter o trabalho de devolver a quem se apresentar como dono? Não dou dez minutos e o corno do Pecorilla vai é vender esse troço e botar o dele no bolso.

– A gente pode fazer outra coisa. Deixar o colar aqui em casa e avisar o Pecorilla. Se alguém vier procurar, a gente entrega.

– E ganha o quê com isso?

– A recompensa. Não dizem que há um percentual pra quem acha coisas assim? Quanto você acha que vale?

– Uns vinte milhões de liras – respondeu Saro, achando que havia chutado uma quantia grande demais. – Digamos então que a gente recebesse dois milhões. Você acha que com dois milhões dá pra pagar o tratamento de Nenè?

Os dois ficaram discutindo até o amanhecer, e só pararam porque Saro precisava ir trabalhar. Mas haviam chegado a um acordo provisório, que em parte salvava a honestidade deles: guardariam o colar sem dizer nada a ninguém, esperariam passar uma semana e depois, se o dono não aparecesse, iriam empenhá-lo. Quando Saro, pronto para sair, foi beijar o filho, teve uma surpresa: Nenè dormia profundamente, sereno, como se soubesse que seu pai tinha encontrado um jeito de torná-lo são.

Pino também não pregou o olho naquela noite. Mente especulativa, gostava de teatro, e havia trabalhado como ator nas dedicadas – mas cada vez mais raras – companhias de teatro amador de Vigàta e arredores. Entregava-se à leitura de peças. Assim que lhe sobrava algum dinheiro do salário curto, corria à única livraria de Montelusa para comprar comédias e dramas. Morava com a mãe, que recebia uma pequena pensão, e não tinham problemas sérios de comida. A mãe o obrigou a contar três vezes a descoberta do morto, exigindo que ele ilustrasse melhor um detalhe, uma minúcia qualquer. Fazia isso para, no dia seguinte, poder contar o caso às suas amigas da igreja e do mercado, vangloriando-se de ter chegado ao conhecimento de tudo aquilo e envaidecendo-se do filho, corajoso a ponto de se meter numa história como aquela.

Por volta da meia-noite, finalmente a velha foi deitar-se, e logo depois Pino também se recolheu à sua cama. Mas não conseguiu dormir. Alguma coisa fazia-o mexer-se e remexer-se embaixo do lençol. Mente especulativa, já foi dito; por isso, depois de duas horas transcorridas na vã tentativa de pregar olho, ele concluiu racionalmente que não ia dar pé: aquela era mesmo uma noite de Natal. Levantou-se, lavou o rosto e foi sentar-se na escrivaninha que havia em seu quarto. Repetiu para si mesmo a narrativa que fizera à mãe, e tudo correu bem, cada coisa fluía, o assovio que ele ouvia na cabeça se mantinha baixinho, ao fundo. Como no jogo de "tá quente, tá frio": quando ele repassava o que havia contado, o assovio parecia dizer "tá frio". Portanto, a perturbação forçosamente nascia de alguma coisa que ele não revelara à mãe. E, de fato, não dissera a ela as mesmas coisas que, de acordo com Saro, escondera também de Montalbano: o quase imediato reconhecimento do cadáver e o telefonema ao advogado Rizzo. E nesse ponto o assovio ficava fortíssimo, gritava: "tá quente!". Então Pino pegou papel e caneta e transcreveu, palavra por palavra, o diálogo que tivera com o advogado. Releu-o e fez algumas correções, forçando a memória até chegar a registrar inclusive as pausas, como num texto de teatro. Quando terminou, releu-o na versão definitiva. Alguma coisa estava errada naquele diálogo. Mas a esta altura já era tarde demais e ele tinha de sair para a Splendor.

A leitura dos dois jornais sicilianos, um impresso em Palermo e outro em Catânia, à qual Montalbano estava entregue, foi interrompida ali pelas dez horas da manhã por um telefonema do chefe de polícia ao comissariado.

– Devo transmitir-lhe alguns agradecimentos – principiou o chefe.

– Ah, é? Da parte de quem?

– Do bispo e do nosso ministro. Dom Teruzzi agradou-se da caridade cristã, assim se expressou ele, de que o senhor, como direi, lançou mão, ao evitar que jornalistas e fotógrafos sem escrúpulos nem decência retratassem e difundissem imagens torpes do cadáver.

– Mas eu dei aquela ordem antes mesmo de saber quem era o morto! Faria isso por qualquer um.

– Eu sei, Jacomuzzi me contou tudo. Mas por que eu deveria revelar ao santo prelado esse detalhe sem importância? Para desiludi-lo sobre a sua, sua do senhor, caridade cristã? E uma caridade, meu prezado, que adquire um valor tanto maior quanto mais alta for a posição do objeto da própria caridade, compreende? Imagine que o bispo chegou até a citar Pirandello.

– Não me diga!

– Sim, é verdade. Ele citou os *Seis personagens*, aquela fala em que o pai afirma que uma pessoa não pode ficar vinculada para sempre a um gesto pouco honroso, depois de uma vida absolutamente íntegra, por causa de um deslize momentâneo. Como se dissesse: não se pode legar à posteridade a imagem do engenheiro com as calças momentaneamente arriadas.
– E o ministro?
– Esse aí Pirandello ele não citou, porque nem faz ideia de quem seja. Mas o conceito, tortuoso e algo resmungado, era o mesmo. E, considerando que ele pertence ao mesmo partido de Luparello, permitiu-se acrescentar uma palavrinha.
– Qual?
– Prudência.
– O que é que a prudência tem a ver com este caso?
– Não sei, transmito exatamente o que ouvi.
– Já temos alguma notícia da autópsia?
– Ainda não. Pasquano queria deixá-lo na geladeira até amanhã, mas eu o convenci a examiná-lo no fim da manhã de hoje, ou então no início da tarde. Mas não creio que, daquele lado, possamos esperar novidades.
– Também acho – concluiu o comissário.

Retomada a leitura dos jornais, Montalbano extraiu deles muito menos que tudo quanto ele já sabia sobre a vida, os milagres e a recente morte do engenheiro Luparello; a leitura serviu apenas para refrescar-lhe a memória. Herdeiro de uma dinastia de construtores de Montelusa (o avô projetara a estação velha e o pai, o palácio de justiça), o jovem

Silvio, depois de obter um doutorado brilhantíssimo na Politécnica de Milão, voltou à sua terra a fim de continuar e potencializar a atividade da família. Católico praticante, seguiu as ideias políticas do avô, que havia sido um exaltado sturziano\* (sobre as ideias do pai, que fora esquadrista\*\* e participara da marcha sobre Roma, estendia-se um silêncio obrigatório), e aproximou-se da Fuci, a federação que agrupava os universitários católicos, criando assim uma sólida rede de amizades. Desde essa época, a qualquer manifestação, celebração ou comício, Silvio Luparello comparecia junto aos maiorais do partido, mas sempre um passo atrás, com um meio sorriso na boca, a fim de significar que estava ali por escolha, e não por posição hierárquica. Várias vezes instado a candidatar-se a eleições políticas ou administrativas, esquivou-se sempre, alegando nobilíssimos motivos, devidamente levados ao conhecimento público, nos quais se reportava àquela humildade, àquele servir na sombra e no silêncio que eram qualidades próprias de um católico. E na sombra e no silêncio tinha servido durante quase vinte anos, até que um dia, fortalecido por tudo o que na sombra havia visto com olhos agudíssimos, havia conquistado servos ao seu redor, o primeiro dos quais era o parlamentar Cusumano. A seguir, pôs na coleira também o senador Portolano e o deputado Tricomi (mas os jornais os chamavam de "amigos fraternos", "devotados seguido-

---

\* Seguidor de Luigi Sturzo (1871-1959), sacerdote e político italiano, fundador do Partido Popular (1919), que se transformaria no primeiro grande movimento da democracia cristã na Europa. (N. T.)
\*\* Membro das esquadras fascistas de choque, que atuaram no período 1921-1925; a marcha sobre Roma foi a ação armada, realizada em 1922 pelos sequazes de Benito Mussolini, pela conquista do poder. (N. T.)

res"). Em pouco tempo, o partido inteiro, em Montelusa e na província, passou às suas mãos, assim como oitenta por cento de todas as obras públicas e privadas. Nem mesmo o terremoto desencadeado por alguns juízes milaneses, que havia sacudido a classe política há cinquenta anos no poder, conseguiu afetá-lo. Muito pelo contrário: tendo permanecido sempre em segundo plano, ele agora podia aparecer, vir à luz, trovejar contra a corrupção dos seus companheiros de partido. Em um ano ou pouco menos, na qualidade de porta-bandeira da renovação e a instâncias dos correligionários, tornou-se secretário provincial: infelizmente, entre a triunfal nomeação e a morte, haviam transcorrido apenas três dias.

E um dos jornais se amargurava pelo fato de que, a um personagem de tão alta e luminosa estatura, a maligna sorte não houvesse concedido o tempo de devolver ao partido o seu antigo esplendor. Ao homenageá-lo, ambos os jornais eram unânimes em recordar nele a grande generosidade e a delicadeza de espírito, assim como a disposição de estender a mão, em qualquer ocasião dolorosa, a amigos e inimigos, sem nenhuma distinção. Com um arrepio, Montalbano lembrou-se de uma gravação a que assistira, no ano anterior, em uma emissora local de tevê. Luparello inaugurava um pequeno orfanato em Belfi, o lugarejo em que nascera seu avô, cujo nome foi dado à instituição: uns vinte pivetinhos, todos uniformizados, entoavam uma cançoneta de agradecimento ao engenheiro, que os escutava comovido. A letra da musiquinha tinha ficado indelevelmente inscrita na memória do comissário: "Oh, como é bom, oh, como é belo / o engenheiro Luparello".

Além de passarem por cima das circunstâncias da morte, os jornais também se calavam quanto ao que se dizia, havia anos, sobre temas bem menos públicos envolvendo o engenheiro. Falava-se de concorrências fraudulentas, de comissões bilionárias, de pressões levadas até a chantagem. E sempre, nesses casos, surgia o nome do advogado Rizzo, inicialmente puxa-saco, depois homem de confiança e, finalmente, *alter ego* de Luparello. Mas tudo isso não passava de boatos, coisas sem comprovação. Também se dizia que Rizzo era a ponte entre o engenheiro e a Máfia, e justamente sobre esse assunto o comissário tinha conseguido ver às escondidas um relatório reservado que falava de tráfico de valores e lavagem de dinheiro. Suspeitas, claro, e nada mais, porque nunca houve jeito de torná-las concretas: todos os pedidos de autorização para investigações haviam-se perdido nos meandros daquele mesmo palácio de justiça que o pai do engenheiro tinha projetado e construído.

Na hora do almoço, Montalbano ligou para o esquadrão móvel de Montelusa e mandou chamar a inspetora Ferrara. Filha de um antigo companheiro seu de escola que tinha casado muito jovem, ela era uma moça agradável e espirituosa que, sabe-se lá por quê, de vez em quando o paquerava.

– Anna? Preciso de você.

– Não diga!

– Você tem uma horinha livre hoje à tarde?

– Eu arranjo uma, comissário. Sempre à sua disposição, dia e noite. Às suas ordens ou, se você preferir, aos seus desejos.

15h.
— Então eu te apanho em Montelusa, em casa, ali pelas

— Fico muito feliz!

— Ah, escute, Anna: vista-se como uma mulher.

— Salto altíssimo, saia com fenda até a coxa?

— Eu só queria dizer pra você não vir de uniforme.

À segunda buzinada, Anna saiu pelo portão, pontualíssima, de saia e camiseta. Não fez perguntas, limitou-se a beijar Montalbano no rosto. Só falou na hora em que o carro enveredou pela primeira das três vielas que levavam da rodovia provincial até o curral.

— Se você quer me comer, me leve pra sua casa, aqui eu não gosto.

No curral estavam só uns dois ou três automóveis, mas, visivelmente, as pessoas que os ocupavam não se incluíam entre os frequentadores noturnos de Gegè Gullotta: eram estudantes dos dois sexos, casais burgueses que não dispunham de outro lugar. Montalbano percorreu a viela até o fim, só freou quando as rodas da frente quase alcançavam a areia. A grande moita ao lado da qual tinha sido encontrado o BMW do engenheiro ficava à esquerda, inalcançável por aquele caminho.

— É aquele o lugar onde ele foi achado? — perguntou Anna.

— É.

— Você está procurando o quê?

— Nem eu sei. Vamos descer.

Os dois se aproximaram da arrebentação. Montalbano enlaçou-a pela cintura, puxou-a para si e ela apoiou a cabeça no ombro dele, com um sorriso. Agora entendia por que o comissário a convidara, era tudo um teatro, ele queria apenas fingir que os dois eram um casal de namorados ou amantes que haviam descoberto no curral um jeito de se isolarem. Anônimos, não despertariam curiosidade.

"Mas que filho da mãe!", pensou Anna. "Não está nem aí para o que eu sinto por ele."

A certa altura, Montalbano parou, virando-se de costas para o mar. A moita estava diante deles, à distância aproximada de cem metros. Não havia a menor dúvida: o BMW tinha chegado até ali não pelas vielas, mas pelo lado da praia, e estacionara, depois de dobrar em direção à moita, com a frente voltada para a velha fábrica, ou seja, na posição exatamente inversa àquela em que todos os automóveis provenientes da rodovia deviam obrigatoriamente ficar, já que não havia nenhum espaço de manobra. Quem desejasse retornar à provincial não tinha outra escolha senão refazer o trajeto em marcha à ré. O comissário caminhou um pouco mais, de cabeça baixa, sempre abraçado a Anna: não achou marca nenhuma de pneus, o mar tinha desmanchado tudo.

– E agora, a gente vai fazer o quê?

– Primeiro eu telefono a Fazio e depois te deixo em casa.

– Comissário, posso lhe dizer uma coisa, com toda a sinceridade?

– Claro.

– Você é um merda.

# 4

— Comissário? Aqui é Pasquano. Dá para fazer o favor de me explicar em que buraco o senhor se meteu? Faz três horas que estou à sua procura, e no comissariado ninguém sabia de nada.
— Está com raiva de mim, doutor?
— Do senhor? Do mundo inteiro!
— O que foi que lhe fizeram?
— Me obrigaram a dar prioridade a Luparello, exatamente como acontecia quando ele era vivo. Até depois de morto esse homem tem que passar na frente dos outros? Será que é o primeiro da fila até no cemitério?
— O senhor queria me dizer alguma coisa?
— Antecipar o que vou lhe remeter por escrito. Não houve nada, o infeliz morreu de causas naturais.
— Que causas?
— Falando em termos não científicos, o coração explodiu, literalmente. No mais, estava tudo bem, sabia? Só essa

bomba é que não funcionava, e foi isso que fodeu com ele, embora tenham tentado um conserto competente.
— No corpo havia alguma outra marca?
— De quê?
— Ah, sei lá, equimoses, injeções.
— Eu já falei: nada. Não nasci ontem, sabia? E além disso, pedi e consegui que a autópsia fosse acompanhada pelo meu colega Capuano, que tratava dele.
— Procurando se garantir, hein, doutor?
— O quê?!
— Bobagem, desculpe. Ele tinha alguma outra doença?
— Mas que insistência! Nada, só a pressão um pouquinho alta. Ele tomava um diurético, um comprimido na quinta e outro no domingo, de manhã cedo.
— Então tinha tomado um no domingo, quando morreu.
— E daí? Que merda o senhor quer dizer com isso? Que envenenaram o comprimido do diurético? O senhor acha que ainda estamos no tempo dos Borgia? Ou anda lendo algum romance policial encalhado? Se ele tivesse sido envenenado, eu perceberia, não acha?
— Ele tinha jantado?
— Não, não tinha jantado.
— Pode me dizer a que horas ele morreu?
— Essa pergunta é de enlouquecer. O senhor se deixa sugestionar pelos filmes americanos, em que o policial pergunta a que horas ocorreu o crime e o legista vai logo respondendo que o assassino concluiu sua obra às 18h32, um segundo a mais ou a menos, de 36 dias antes. O senhor também viu que o cadáver ainda não estava rígido, não viu? Também sentiu o calor que fazia dentro daquele carro, não sentiu?

– E daí?

– Daí que o infeliz entregou a alma entre as 19h e as 22h da noite anterior ao dia em que foi achado.

– Mais nada?

– Mais nada. Ah, eu ia esquecendo: o engenheiro morreu, sim, mas conseguiu dar sua trepadinha. Havia resíduos de esperma nas partes pudendas.

– Chefe? Aqui é Montalbano. Queria informar que o dr. Pasquano acaba de me telefonar. Já fez a autópsia.

– Montalbano, poupe-se desse trabalho. Já sei de tudo. Às 14h me ligou Jacomuzzi, que estava presente e me informou. Que bonito!

– Não entendi, queira desculpar.

– Me parece bonito que alguém, nesta nossa esplêndida província, se decida a morrer de morte natural, dando o bom exemplo. Não acha? Mais duas ou três mortes como essa do engenheiro e nós retomaremos o bom caminho com o restante da Itália. Falou com Lo Bianco?

– Ainda não.

– Fale logo. Diga a ele que de nossa parte já não há empecilho. Podem fazer o enterro quando quiserem, se o juiz não se opuser. Mas aquele lá não quer outra coisa. Escute, Montalbano, hoje de manhã eu me esqueci de lhe dizer, minha mulher inventou uma receita maravilhosa pra polvo. Sexta-feira à noite está bom?

– Montalbano? Aqui é Lo Bianco. Quero deixá-lo a par. No início da tarde, recebi um telefonema do dr. Jacomuzzi.

"Mas que carreira desperdiçada!", pensou Montalbano, fulminante. "Em outros tempos, Jacomuzzi teria sido

um maravilhoso arauto, daqueles que saíam pela rua com um tambor."
– Ele me comunicou que a autópsia não detectou nada de anormal – prosseguiu o juiz. – E, portanto, eu autorizei o sepultamento. O senhor não tem nada em contrário?
– Nada.
– Então posso considerar encerrado o caso?
– O senhor me daria mais dois dias?

Montalbano ouviu, materialmente ouviu, soar uma campainha de alarme na cabeça do interlocutor.

– Por quê, Montalbano, o que é que há?
– Nada, senhor juiz, nada mesmo.
– E então, santo Deus? Confesso-lhe, comissário, sem o menor constrangimento, que tanto eu quanto o procurador-geral, o governador da província e o chefe de polícia recebemos prementes solicitações no sentido de que esta história seja encerrada o mais rápido possível. Nada de ilegal, é claro. Apenas em virtude de inevitáveis pedidos da parte de familiares e correligionários do falecido, pessoas que desejam esquecer e fazer esquecer o quanto antes esse horrível episódio. E, a meu ver, com razão.

– Compreendo, senhor juiz. Mas eu só preciso de dois dias.

– Mas para quê? Dê-me uma razão!

Montalbano encontrou uma resposta, uma escapatória. Não podia contar, claro, que seu pedido não se baseava em nada, ou melhor, sustentava-se apenas na sensação, absolutamente imprecisa, de estar sendo tapeado por alguém que naquele momento se demonstrava mais esperto do que ele.

– Se o senhor quer mesmo saber, faço isso por causa da opinião pública. Não quero que ninguém saia espalhando que nós arquivamos tudo às pressas porque não tínhamos a intenção de investigar a coisa a fundo. O senhor sabe, não é preciso muito para essa ideia surgir.
– Se é assim, concordo. Concedo-lhe essas 48 horas. Mas nem um minuto a mais. Procure compreender a situação.

– Gegè? Como vai, gracinha? Desculpe te acordar às 18h30.
– Desculpe é o cacete!
– Gegè, isso é jeito de falar com um representante da lei, logo você, que diante da lei só pode mesmo é se cagar nas calças? Falar em cacete, é verdade que você fode com um negro de quarenta?
– De quarenta o quê?
– Centímetros de vara.
– Deixa de ser babaca. O que é que você quer?
– Falar com você.
– Quando?
– Hoje à noite, mais tarde. Você marca a hora.
– Meia-noite pra mim tá bom.
– Onde?
– No lugar de sempre, em Puntasecca.
– Beijo na boquinha, Gegè.
– Doutor Montalbano? Aqui é o governador Squatrito. O juiz Lo Bianco acaba de me comunicar que o senhor pediu mais 24 horas, ou 48, não me lembro bem, para encerrar o caso do pobre engenheiro. O doutor Jacomuzzi, o qual gentilmente procurou manter-me sempre informado das investigações, me informou que a autópsia estabeleceu,

inequivocamente, que Luparello faleceu por causas naturais. Longe de mim a ideia, ou melhor, ideia, não, menos ainda, de uma interferência qualquer, para a qual, aliás, não haveria razão alguma, mas gostaria de perguntar-lhe: por que esse pedido?

– O meu pedido, governador, como eu já disse ao doutor Lo Bianco e reitero a Vossa Excelência, é ditado por um desejo de transparência, na intenção de cortar pela raiz qualquer dedução malévola sobre uma possível intenção da polícia no sentido de não esclarecer os detalhes do fato e arquivá-lo sem as devidas averiguações. É só isso.

O governador declarou-se satisfeito com a resposta, e de resto Montalbano havia cuidadosamente escolhido dois verbos (reiterar e esclarecer) e um substantivo (transparência) que tinham tudo a ver com o vocabulário daquela autoridade.

– Aqui é Anna, desculpe incomodar.
– Que voz é essa? Você está resfriada?
– Não, estou no trabalho e não quero que me escutem.
– Pode falar.
– Jacomuzzi ligou para o meu chefe, dizendo que você ainda não quer encerrar o caso de Luparello. Meu chefe disse que você continua o mesmo merda, opinião que eu compartilho e que, aliás, expressei para você há poucas horas.
– Está me telefonando pra dizer isso? Obrigado pela confirmação.
– Comissário, é pra lhe dizer outra coisa, que eu soube assim que nos separamos, quando voltei pra cá.
– Anna, eu estou na merda até o pescoço. Amanhã.

— Seria bom você saber logo. Pode lhe interessar.
— Olha, até a uma hora, 1h30 da manhã, estou ocupado. Se você puder dar um pulinho aqui agora, tudo bem.
— Agora eu não posso. Vou à sua casa às duas horas.
— Da madrugada?!
— É. Se você não estiver, eu espero.

— Alô, amor? Aqui é Livia. Desculpe ligar pro seu escritório, mas...
— Você pode ligar quando e pra onde quiser. Diga.
— Nada de importante. Acabei de ler no jornal sobre a morte de um político aí das suas bandas. É só uma notinha, diz que o comissário Salvo Montalbano está fazendo cuidadosas investigações sobre as causas da morte.
— E aí?
— Essa morte é das que dão problema?
— Não muitos.
— Então não muda nada? No próximo sábado você vem pra cá? Não vai me dar nenhuma surpresa ruim?
— Qual?
— Aquele telefonema sem graça, me comunicando que a investigação mudou de rumo e que, portanto, eu vou ter que esperar, mas você não sabe até quando, e que talvez seja melhor a gente adiar uma semana. Você já fez isso, e mais de uma vez.
— Fica tranquila, desta vez vai dar pé.

— Doutor Montalbano? Aqui é o padre Arcangelo Baldovino, secretário do Excelentíssimo Reverendíssimo bispo.
— Muito prazer. Diga, padre.

– O senhor bispo tomou conhecimento, e com certo espanto, admitamos, da notícia de que o senhor considera oportuno um prolongamento das investigações sobre o doloroso e desventurado falecimento do engenheiro Luparello. A notícia corresponde à verdade?

Correspondia à verdade, confirmou Montalbano, e pela terceira vez explicou as razões daquele seu modo de agir. O padre Baldovino pareceu convencer-se, mas suplicou ao comissário que andasse depressa, "para impedir especulações ignóbeis e poupar de um sofrimento ulterior à já tão consternada família".

– Comissário Montalbano? Aqui é o engenheiro Luparello.

"Cacete, mas o senhor não morreu?"

A piadinha quase saiu, mas Montalbano conseguiu deter-se a tempo.

– Eu sou o filho – continuou o outro, voz educada, civilizadíssima, nenhuma inflexão dialetal. – Meu nome é Stefano. Conto com sua cortesia para transmitir-lhe uma solicitação que talvez venha a lhe parecer insólita. Estou telefonando em nome da minha mãe.

– Se estiver ao meu alcance, com prazer.

– Minha mãe gostaria de encontrá-lo.

– Por que insólita, engenheiro? Eu mesmo já me dispunha a pedir à senhora sua mãe que me recebesse um dia destes.

– O fato é, comissário, que minha mãe desejaria falar com o senhor até amanhã, o mais tardar.

– Deus do céu, engenheiro, nos próximos dias eu não disponho de um minuto, acredite. E sua família tampouco, suponho.

– Dez minutos sempre se arranjam, não se preocupe. Para o senhor estaria bem amanhã à tarde, às 17h em ponto?

– Montalbano, sei que fiz você esperar, mas eu me encontrava...

– ...na privada, o seu trono.

– Fala! O que é que você quer?

– Informá-lo de uma coisa muito grave. O papa acaba de me ligar do Vaticano, está putíssimo com você.

– Que história é essa?!

– Verdade, ele está furioso porque foi a única pessoa no mundo a não receber seu relatório sobre os resultados da autópsia do Luparello. Sentiu-se deixado de lado e, segundo me deu a entender, tem a intenção de te excomungar. Você está fodido.

– Montalbà, você é completamente pirado.

– Me satisfaz uma curiosidade?

– Claro.

– Você é puxa-saco por ambição ou por natureza?

A sinceridade da resposta deixou Montalbano surpreso.

– Por natureza, acho.

– Escuta, vocês acabaram de examinar as roupas que o engenheiro estava usando? Acharam alguma coisa?

– Achamos o que, em certo sentido, era previsível. Vestígios de esperma na cueca e na calça.

– E no carro?

– Ainda estamos examinando.

– Obrigado. Pode voltar a cagar.

– Comissário? Estou ligando de uma cabine da provincial, perto da fábrica velha. Fiz o que o senhor me pediu.
– Diga, Fazio.
– O senhor tinha toda a razão. O BMW de Luparello veio de Montelusa, não de Vigàta.
– Tem certeza?
– Do lado de Vigàta a praia está interditada por blocos de cimento, não dá pra passar, só voando.
– Você descobriu o percurso que ele pode ter feito?
– Descobri, mas é uma loucura.
– Explique melhor. Por quê?
– Porque, enquanto de Montelusa pra Vigàta existem não sei quantas estradas e estradinhas que a pessoa pode pegar pra não ser vista, a certa altura, pra entrar no curral, o carro do engenheiro deve ter passado pelo leito seco do Canneto.
– O Canneto? É impraticável!
– Mas eu fiz o trajeto, e portanto outra pessoa também pode ter feito. Está completamente seco. Só que arrebentei a suspensão do carro. E, já que o senhor não quis que eu pegasse a viatura de serviço, vou ter que...
– Pode deixar que eu pago o conserto. E que mais?
– Já saindo do leito do rio e entrando na areia, as rodas do BMW deixaram marcas. Se a gente avisar logo ao dr. Jacomuzzi, ele pode mandar decalcar.
– Esquece aquele merda do Jacomuzzi.
– Como o senhor quiser. Mais alguma coisa?
– Não, Fazio, pode voltar. Obrigado.

# 5

A prainha de Puntasecca, uma faixa de areia compacta aos pés de uma colina de marga branca, estava deserta àquela hora. Quando o comissário chegou, Gegè já o esperava, encostado em seu carro, fumando um cigarro.

– Desce, Salvù – disse ele a Montalbano. – Vamos curtir um pouquinho o ar fresco.

Ficaram um tempinho em silêncio, fumando. A seguir, depois de apagar o cigarro, Gegè falou.

– Salvù, eu sei de cor e salteado o que é que você quer me perguntar. Me preparei bem, pode começar agora mesmo.

Os dois sorriram àquela lembrança compartilhada. Tinham-se conhecido no jardim de infância, na escolinha particular que precedia o primário, e a professora era a sra. Marianna, irmã de Gegè, quinze anos mais velha que ele. Salvo e Gegè eram alunos desinteressados, decoravam as lições como papagaios, e do mesmo jeito as repetiam. Mas havia dias em que a professora Marianna não se contentava com aquela ladainha e começava uma arguição salteada, ou seja, sem seguir a ordem das lições: e aí a coisa ficava preta, porque era preciso ter compreendido, criado nexos lógicos.

– Como vai a sua irmã? – perguntou o comissário.

– Levei ela a Barcelona, lá tem uma clínica de olhos. Parece que eles fazem milagre. Me disseram que pelo menos o olho direito ela vai poder recuperar em parte.

– Quando encontrar com ela, diga que eu estou na torcida.

– Pode deixar. Bom, eu disse que me preparei. Manda as perguntas.

– Quantas pessoas você administra no curral?

– Vinte e oito, entre piranhas e veados de todo tipo. Mais Filippo di Cosmo e Manuele Lo Piparo, que ficam por ali pra não deixar acontecer nenhuma confusão, você sabe que basta um tantinho assim e eu tou fodido.

– Olho vivo, então.

– É isso aí. Você pode imaginar o problema que eu posso ter, sei lá, com uma briga, uma facada, uma *overdose?*

– Você continua só com drogas leves?

– Só. Maconha e, no máximo, cocaína. Pode perguntar pro pessoal da limpeza se de manhã eles acham uma seringa que seja, uma só, pode perguntar.

– Acredito.

– E também Giambalvo, o chefe da bons costumes, tá de olho em mim. Me suporta, diz ele, só se eu não deixar acontecer complicação, se eu não encher o saco dele com coisa séria.

— Eu entendo Giambalvo: a preocupação dele é não ser obrigado a fechar o teu curral. Porque aí perderia o que você dá a ele por baixo do pano. Como é que você paga? É por mês, um percentual fixo? Quanto você paga a ele?

Gegè sorriu.

— Pede transferência pra bons costumes e descobre. Pra mim ia ser um prazer, assim eu ia ajudar um miserável que nem você, que vive só de salário e anda por aí com remendo no cu.

— Obrigado pelo elogio. Agora me fala daquela noite.

— Bom, podia ser umas dez, dez e meia, quando Milly, que estava trabalhando, viu os faróis de um automóvel que vinha correndo, rente ao mar, das bandas de Montelusa e se dirigia para o curral. Ela se apavorou.

— Quem é essa Milly?

— Se chama Giuseppina La Volpe, nasceu em Mistretta e tem trinta anos. Mulher esperta.

Gegè puxou do bolso um papel dobrado e estendeu-o a Montalbano.

— Tá escrito aqui os nomes e sobrenomes verdadeiros. E também o endereço, se você quiser falar pessoalmente.

— Por que você disse que Milly se assustou?

— Porque daquele lado um automóvel não podia chegar, só se descesse pelo Canneto, e ali o cara pode arrebentar o carro e os cornos. Primeiro ela pensou num flagra de Giambalvo, uma *blitz* sem aviso. Depois pensou melhor que não podia ser a bons costumes, não se faz *blitz* com um carro só. Aí se apavorou ainda mais, porque achou que podiam ser os caras de Monterosso, que tão me sacaneando pra me tirar o curral. E aí podia até sair tiroteio. Pra poder fugir se fosse o caso, ela começou a olhar bem pro carro, e o freguês reclamou. Mas deu tempo de ver o automóvel dobrando e se dirigindo disparado pra moita mais perto, quase entrando por ela adentro, e depois parando.

— Você não está me contando nenhuma novidade, Gegè.

— O homem que tinha trepado com Milly descarregou ela, deu marcha à ré e pegou um desvio pra voltar pra provincial. Milly começou a esperar outro trabalho, andando pra lá e pra cá. No mesmo lugar onde ela tava chegou Carmen, com um apaixonado que vem atrás dela todo sábado e domingo, sempre no mesmo horário, e fica um tempão. O nome verdadeiro de Carmen também está no papel que eu lhe dei.

— O endereço também?

— Está. Antes do freguês desligar o farol, Carmen viu que os dois do BMW já estavam trepando.

— Ela contou exatamente o que viu?

— Contou, coisa de poucos segundos, mas viu. Também tinha ficado impressionada, automóvel daquele tipo não se vê no curral. Bom, a mulher que tava no volante, pois é, esqueci de dizer, Milly falou que era a mulher que tava dirigindo, essa mulher se virou, subiu nas pernas do homem que estava ao lado, trabalhou um pouquinho com as mãos embaixo, que não dava pra ver, e depois começou a subir e descer. Ou será que você esqueceu como é que se trepa?

— Acho que não. Mas a gente pode experimentar. Quando você acabar de contar o que deve me contar, arreia as calças, apoia suas lindas mãozinhas no capô e levanta o rabo. Se eu tiver esquecido alguma coisa, você me lembra. Continue, não me faça perder tempo.

– Quando acabaram, a mulher abriu a porta, desceu do carro, ajeitou a saia e bateu a porta. O homem, em vez de dar a partida e ir embora, ficou no mesmo lugar, com a cabeça caída pra trás. A mulher passou bem junto do carro onde tava Carmen, e logo nessa hora os faróis de outro automóvel deram em cheio nela. Era bonita, loura, elegante. Na mão esquerda tinha uma bolsa tipo sacola. Aí ela pegou o rumo da fábrica velha.

– Tem mais alguma coisa?

– Tem. Manuele, que tava fazendo uma ronda, viu ela sair do curral e ir pra estrada provincial. Como achou que, do jeito que ela tava vestida, não era gente dali do curral, ele se virou pra ir atrás, mas aí um carro deu carona pra ela.

– Peraí um pouquinho, Gegè. Manuele chegou a vê-la parada, com o polegar pra cima, esperando que alguém lhe desse carona?

– Salvù, como é que é? Você é mesmo tira de nascença.

– Por quê?

– Porque justamente nesse ponto é que Manuele não entendeu nada. Ou seja, ele não viu a mulher fazer sinal, e mesmo assim um automóvel parou. E não é só isso. Manuele teve a impressão de que o carro, que vinha rápido, já tava com a porta aberta quando freou pra ela entrar. Mas ela nem pensou em anotar a placa, não tinha motivo.

– Bom. E sobre o homem do BMW, sobre Luparello, você não sabe de nada?

– Pouco. Tava de óculos e um paletó que ele nem tirou, apesar da trepada e do calorão. Mas tem um ponto em que a história de Milly não bate com a de Carmen. Milly diz que, quando o automóvel chegou, parecia que o homem tava com uma gravata ou um lenço no pescoço, mas Carmen garante que, quando ela viu, ele tava só com a camisa aberta. Eu acho que isso não é importante, o engenheiro pode ter tirado a gravata pra trepar, vai ver que tava incomodando.

– Tirar a gravata e o paletó, não? Não é coisa sem importância, Gegè, porque dentro do carro não se encontrou nenhuma gravata e nenhum lenço.

– Não quer dizer nada, pode ter caído na areia quando a mulher desceu.

– Os homens de Jacomuzzi rastrearam tudo, não acharam nada.

Ficaram os dois em silêncio, pensando.

– Talvez tenha uma explicação pra o que Milly viu – disse Gegè, a certa altura. – Podia não ser nem gravata nem lenço, e sim o cinto de segurança, afinal eles tinham vindo pelo leito do Canneto, cheio de pedra como é, e o homem tirou quando a mulher subiu nas pernas dele, um cinto numa hora dessa incomoda mesmo.

– Pode ser.

– Salvù, eu lhe contei tudo que eu consegui saber sobre esse negócio. E tou contando no meu próprio interesse. Porque pra mim não foi nada bom que um cara importante como Luparello viesse bater as botas no curral. Agora todo mundo tá de olho no meu pessoal e, quanto mais cedo você terminar a investigação, melhor. Depois de uns dois dias as pessoas se esquecem e todo mundo volta a trabalhar tranquilo. Posso ir? A essa hora, tamos a mil lá no curral.

– Espere. Você chegou a alguma conclusão?

— Eu? O tira é você. De qualquer modo, pra te agradar, digo que essa história tá esquisita, cheira mal. Vamos fazer de conta que a mulher seja uma puta de alto nível, gente de fora. Você acha que Luparello não sabia onde levar ela?

— Gegè, você sabe o que é perversão?

— Vem perguntar logo pra mim? Eu posso lhe contar umas coisas que você ia vomitar no meu sapato. Sei o que você quer dizer, que os dois foram no curral porque o lugar era mais excitante pra eles. E isso às vezes já aconteceu. Sabia que uma noite se apresentou um juiz com escolta e tudo?

— Jura? E quem era?

— O juiz Cosentino, o nome eu posso dizer. Na noite antes de mandarem ele pra casa a chutes no rabo, chegou no curral com um carro de escolta, pegou um travesti e comeu.

— E a escolta?

— Foi dar um passeio comprido pela beira da praia. Voltando ao assunto: Cosentino sabia que tava marcado e lhe bateu esse capricho. Mas e o engenheiro, que interesse ele tinha? Não era um homem dessas coisas. Ele gostava de mulher, todo mundo sabe, mas com cuidado, sem aparecer. E que mulher é essa pra ele arriscar tudo o que era, o que representava, só pra dar uma trepada? Eu não me convenço, Salvù.

— Continue.

— E se a gente faz de conta que a mulher não era puta, pior ainda. Aí mesmo é que ele não ia levar ela no curral. E tem mais: o carro foi dirigido pela mulher, isso é certo. Além de ninguém entregar a uma puta um carro que custa o que custa, tinha que ser uma mulher de dar medo. Primeiro, desce o Canneto sem problema e depois, quando o engenheiro morre no meio das coxas dela, se levanta tranquilamente, sai do carro, ajeita a roupa, fecha a porta e vai embora. Você acha normal?

– Não, não acho normal.

A esta altura Gegè começou a rir e acendeu o isqueiro.

– Vem aqui, veadinho. Chega a cara mais perto.

O comissário obedeceu. Gegè iluminou-lhe os olhos e apagou o isqueiro.

– Já entendi. Os pensamentos que vieram pra você, homem da lei, são exatamente os mesmos que vieram pra mim, homem da marginalidade. E você só queria ver se eles combinavam, hein, Salvù?

– É verdade, acertou.

– Difícil eu me enganar com você. Bom, já vou indo.

– Obrigado – disse Montalbano.

O comissário foi o primeiro a dar a partida, mas logo depois foi alcançado pelo amigo, que lhe acenou para diminuir a marcha.

– O que é?

– Não sei onde estou com a cabeça, era pra ter falado antes. Sabia que você tava uma gracinha, hoje de tarde no curral, de mãos dadas com a inspetora Ferrara?

Gegè acelerou, criando uma distância segura entre ele e o comissário, e depois botou um braço para fora, despedindo-se.

De volta à sua casa, Montalbano anotou alguns detalhes do que Gegè havia informado, mas logo sentiu que estava caindo de sono. Consultou o relógio, viu que era pouco mais de uma hora da manhã e foi deitar-se. Acordado pelo som insistente da campainha da porta, olhou o despertador: 2h15. Levantou-se com dificuldade: no primeiro sono, seus reflexos eram lentos.

– Quem é, caralho, a esta hora?

Do jeito como estava, de cueca, foi abrir.

– Oi – disse Anna.

Ele havia esquecido completamente, a moça tinha dito que viria vê-lo naquele horário. Anna o esquadrinhava.

– Vejo que você está com a roupa certa – comentou ela, e entrou.

– Diga o que você tem que dizer e depois, já pra casa, eu estou morto de cansaço.

Montalbano tinha ficado realmente irritado com aquela intrusão. Foi até o quarto, enfiou uma calça e uma camisa, voltou à sala de jantar. Anna não estava ali: tinha ido à cozinha, aberto a geladeira, e começava a morder um sanduíche de presunto.

– Estou morta de fome.

– Pode falar comendo mesmo.

Montalbano pôs a cafeteira no fogo.

– Fazendo café? A esta hora? Como é que você vai conseguir dormir depois?

– Anna, por favor. – Não dava para ser cortês.

– Tudo bem. Hoje à tarde, depois que você me deixou, eu soube por um colega, o qual, por sua vez, soube por um informante, que desde a manhã de ontem, terça, um cara andou percorrendo todos os joalheiros, receptadores e os montes de casas de penhor, clandestinas ou não, dando um aviso: se alguém se apresentasse pra vender ou empenhar certa joia, quem fosse procurado deveria avisá-lo. Trata-se de um colar, corrente de ouro maciço e pingente em forma de coração, cravejado de brilhantes. Uma coisa que você acha na Standa por dez mil liras, só que este é verdadeiro.

– E como vão avisá-lo? Por telefone?

– Não brinca. A cada um ele pediu que fizesse um sinal diferente, sei lá, pendurar na janela um pano verde, pregar no portão um pedaço de jornal, coisas assim. Esperto, porque assim ele vê sem ser visto.

– Concordo, mas pra mim...

– Me deixe terminar. Pelo jeito como ele falava e se movimentava, as pessoas compreenderam que seria melhor fazer o que ele dizia. Depois nós soubemos que outros caras, simultaneamente, fizeram a mesma via-sacra, em todos os lugarejos da província, Vigàta inclusive. Ou seja, quem perdeu quer realmente o colar de volta.

– Nisso eu não vejo mal nenhum. Mas por que, na sua cabeça, isso me interessaria?

– Porque a um receptador de Montelusa o homem disse que o colar talvez tivesse sido perdido no curral, na noite de domingo pra segunda. Agora lhe interessa?

– Até certo ponto.

– Eu sei, pode ser uma coincidência e não ter nada a ver com a morte de Luparello.

– De qualquer forma, obrigado. Agora volte pra casa, que já é tarde.

O café estava pronto. Montalbano serviu-se de uma xícara e, naturalmente, Anna aproveitou a ocasião.

– E pra mim, nada?

Com santa paciência, o comissário encheu outra xícara e estendeu-a para ela. Anna era atraente, mas seria possível que não entendesse que ele estava apaixonado por outra mulher?

– Não – disse Anna de repente, parando de tomar seu café.

– Não o quê?

– Não quero voltar pra casa. Você se aborrece tanto assim, se eu ficar aqui esta noite com você?

– Me aborreço.

– Mas por quê?!

– Sou muito amigo do seu pai, me sentiria como se estivesse sendo desleal com ele.

– Que babaquice!

– Pode ser babaquice, mas é assim. E depois você se esqueceu de que eu estou apaixonado, e de verdade, por outra mulher.

– Que não está aqui.

– Não, mas é como se estivesse. Não seja tola e não diga tolices, Anna. Você deu azar, está lidando com um homem honesto. Lamento. Desculpe.

O comissário não conseguia adormecer. Anna tinha razão, o café o deixara sem sono. Mas havia outra coisa para deixá-lo nervoso: se aquele colar tinha sido perdido no curral, seguramente Gegè também tinha sido informado. Mas Gegè havia se resguardado de falar disso com ele e, seguramente, não porque se tratasse de um fato insignificante.

# 6

Às cinco e meia, depois de passar a noite levantando-se e voltando para a cama, Montalbano havia elaborado um plano com o qual faria Gegè pagar indiretamente pelo silêncio sobre o colar perdido e pela piadinha sobre a visita dele com Anna ao curral. Depois de uma longa chuveirada, tomou três cafés seguidos e pegou o carro. Chegado ao Rabàto, o bairro mais antigo de Montelusa, destruído trinta anos antes por um deslizamento e agora habitado, nas ruínas consertadas de qualquer jeito e nos casebres maltratados e prestes a desabar, por tunisianos e marroquinos vindos clandestinamente, dirigiu por ruelas estreitas e tortuosas até a praça Santa Croce: a igreja tinha permanecido intacta entre os escombros. Puxou do bolso o papelzinho que Gegè tinha lhe dado: Carmen, nome verdadeiro Fatma ben Gallud, tunisiana, morava no número 48. Era um barraco miserável, um quartinho térreo, com uma janelinha aberta na madeira da porta de entrada, para a ventilação. O comissário bateu, mas ninguém respondeu. Bateu mais forte ainda e, desta vez, uma voz sonolenta perguntou:

– Quem é?

– Polícia – disparou Montalbano.

Decidira jogar pesado, apanhando-a ainda no torpor de um despertar repentino. Além disso, Fatma, por seu trabalho no curral, certamente tinha dormido bem menos do que ele. A porta se abriu: a mulher se cobria com uma grande toalha de praia, segurando-a com uma das mãos à altura do peito.

– Que você quer?

– Falar com você.

Ela se afastou para deixá-lo entrar. No barraco havia uma cama de casal desfeita de um lado, uma mesinha com duas cadeiras e um fogãozinho a gás. Uma cortina de plástico separava a pia e o vaso sanitário do resto do aposento. Tudo limpo, em perfeita ordem. Mas, ali dentro, o cheiro dela e do perfume vagabundo que usava quase impediam a respiração.

– Quero ver seu visto de permanência.

Como que por um brusco sobressalto, a mulher deixou cair a toalha, erguendo as mãos para cobrir os olhos. Longas pernas, cintura fina, ventre enxuto, seios altos e firmes, uma verdadeira fêmea, como aquelas que se viam nos anúncios de televisão. Depois de um instante, Montalbano percebeu, pela imóvel expectativa de Fatma, que não se tratava de medo, mas da tentativa de obter o mais óbvio e praticado acordo entre um homem e uma mulher.

– Vista-se.

Havia um arame com roupas estendido de um lado a outro do quarto. Fatma foi até lá, com ombros largos, coluna perfeita, bumbum pequeno e redondinho.

"Com esse corpo", pensou Montalbano, "ela deve ter vivido um bocado."

Imaginou a cautelosa fila, em certos gabinetes, junto à porta fechada, atrás da qual Fatma ganhava a "tolerância das autoridades", como às vezes ele tinha lido, uma tolerância justamente de casa de tolerância. Fatma enfiou um vestido de algodãozinho leve sobre o corpo nu e continuou de pé, diante de Montalbano.

– Então, cadê os documentos?

A mulher fez um gesto negativo com a cabeça. E começou a chorar silenciosamente.

– Não se apavore – disse o comissário.

– Eu não apavorar. Eu muito azar.

– Por quê?

– Porque se você esperar um dia, eu não estar mais aqui.

– E aonde queria ir?

– Tem senhor de Fela, por mim apaixonado, eu agradar ele, domingo disse quer casar comigo. Eu acreditar.

– Aquele que vem atrás de você todo fim de semana?

Fatma arregalou os olhos.

– Como você saber?

E recomeçou a chorar.

– Mas agora tudo acabado.

– Me diga uma coisa. Gegè vai deixar você ir com esse senhor de Fela?

– Senhor falar com senhor Gegè, senhor paga.

— Escuta, Fatma, faz de conta que eu não estive aqui. Só quero lhe perguntar uma coisa e, se você me responder sinceramente, eu viro as costas, vou embora e você pode voltar a dormir.

— Que você quer saber?

— No curral, perguntaram a você se achou alguma coisa?

Os olhos da mulher se iluminaram.

— Ah, sim! Veio senhor Filippo, aquele homem senhor Gegè, diz todo mundo se achou colar de ouro com coração de brilhante entregar logo a ele. Se não achou, procurar.

— E você sabe se alguém achou?

— Não. Até esta noite todo mundo procurar.

— Obrigado — disse Montalbano, encaminhando-se para a porta. Na soleira, parou e virou-se para Fatma. — Boa sorte.

E assim Gegè tinha quebrado a cara: o que ele tinha escondido com tanto cuidado, Montalbano havia conseguido saber do mesmo jeito. E, do que Fatma acabava de dizer, tirou uma dedução lógica.

Chegou ao comissariado às sete horas, o que levou o agente de plantão a encará-lo, preocupado.

— Algum problema, doutor?

— Nenhum — tranquilizou-o Montalbano. — Acordei cedo.

Tinha comprado os dois jornais da ilha e começou a lê-los. O primeiro anunciava para o dia seguinte, com riqueza de detalhes, as solenes exéquias de Luparello. O evento se daria na Catedral, oficiado pelo próprio bispo.

Seriam adotadas medidas de segurança extraordinárias, dada a previsível afluência de personalidades vindas para apresentar suas condolências e dar ao engenheiro o último adeus. Numa conta feita por alto, dois ministros, quatro subsecretários e dezoito parlamentares, entre deputados federais e senadores, além de um monte de deputados regionais. Portanto, estariam envolvidos agentes civis, *carabinieri*, guardas de trânsito e até a polícia fiscal, sem falar das escoltas pessoais e das outras, mais pessoais ainda, sobre as quais o jornal se calava, formadas por gente que sem dúvida tinha a ver com a ordem pública, mas do outro lado da barricada na qual estava "a lei". O segundo jornal repetia mais ou menos as mesmas coisas, acrescentando que o velório estava sendo feito no átrio do palacete dos Luparello, e que uma fila interminável aguardava para expressar sua gratidão por tudo aquilo que o morto havia realizado – naturalmente, enquanto ainda vivia – com diligência e imparcialidade.

Enquanto isso, o *brigadiere* Fazio tinha chegado, e com ele Montalbano conversou longamente sobre algumas investigações em curso. De Montelusa, não houve telefonemas. Deu meio-dia e o comissário abriu uma pasta, aquela que continha o depoimento dos lixeiros sobre a descoberta do cadáver, copiou o endereço deles e despediu-se do *brigadiere* e dos agentes, avisando que apareceria à tarde.

Se os homens de Gegè tinham falado com as prostitutas sobre o colar, seguramente haviam feito o mesmo com os lixeiros.

Ladeira Gravet, número 28, um prédio de quatro andares, com interfone. Atendeu uma voz de mulher madura.

— Eu sou um amigo de Pino.
— Meu filho não está.
— Mas o expediente na Splendor não terminou?
— Terminou, mas ele saiu pra outro lugar.
— A senhora poderia abrir? E só pra deixar um envelope. Qual é o andar?
— Último.

Uma pobreza digna: dois aposentos, cozinha onde se podia ficar, banheiro. Logo ao entrar, dava para calcular as dimensões. A senhora, uma cinquentona modestamente vestida, conduziu-o.

— Por aqui, no quarto de Pino.

Um quartinho cheio de livros e revistas, uma mesinha coberta de papéis junto à janela.

— Pino foi aonde?
— A Raccadali, está ensaiando uma peça de Martoglio, aquela que fala de São João degolado. Meu filho gosta de teatro.

Montalbano aproximou-se da mesinha. Pino estava evidentemente escrevendo uma comédia: havia uma série de falas anotadas numa folha de papel. Mas, ao ler um determinado nome, o comissário sentiu uma espécie de sobressalto.

— A senhora poderia me dar um copo d'água?

Assim que a mulher saiu, ele apanhou o papel e meteu-o no bolso.

— O envelope — lembrou a senhora, já de volta, estendendo-lhe o copo.

Montalbano executou uma perfeita pantomima, que Pino, se estivesse presente, certamente admiraria bastante:

remexeu os bolsos da calça e, já aflito, os do paletó, fez uma expressão de surpresa e, por fim, deu um tapa na testa.

— Mas que cretino que eu sou! Esqueci no escritório! Coisa de cinco minutos, minha senhora. Vou buscar e já volto.

O comissário entrou no carro, pegou o papel que acabara de afanar e ensombreceu-se com o que leu. Deu a partida e saiu. Rua Lincoln, 102. Saro, em seu depoimento, havia especificado inclusive o número interno. No palpite, o comissário calculou que o lixeiro agrimensor devia morar no sétimo andar. O portão estava aberto, mas o elevador não funcionava. Ele subiu a pé os seis lances da escada, mas teve a satisfação de descobrir que acertara em seu cálculo: uma plaquinha bem polida informava "MONTAPERTO, BALDASSARE". Veio abrir uma mulher jovem e miúda, com um menino no colo e olhar inquieto.

— Saro está?

— Foi comprar os remédios do menino na farmácia, mas volta já.

— Por quê? Ele está doente?

Sem responder, a mulher alongou um pouco o braço, para que Montalbano visse. O garotinho estava mesmo doente, e não era pouco: tinha a pele amarelada, as faces escavadas e os grandes olhos já adultos, que o observavam, zangados. O comissário sentiu pena: não suportava o sofrimento de criancinhas inocentes.

— O que é que ele tem?

— Os médicos não sabem dizer. O senhor quem é?

— Meu nome é Virduzzo, sou contador da Splendor.

– Entre.

Ela parecia agora tranquilizada. O apartamento estava desarrumado. Era evidente que a mulher de Saro precisava cuidar do menino o tempo todo e que não lhe sobrava tempo para a casa.

– O que o senhor quer com Saro?

– Acho que errei pra menos o cálculo do último pagamento, queria ver o contracheque dele.

– Se é pra isso – disse ela –, não precisa esperar Saro. Eu posso lhe mostrar o contracheque. Venha.

Montalbano seguiu-a, tinha pronta outra desculpa para ficar por ali até a chegada do marido. No quarto pairava um cheiro ruim, como de leite azedo. A mulher tentou abrir a gaveta mais alta de uma cômoda, mas não conseguiu: só podia usar uma das mãos, porque no outro braço segurava o menino.

– Com licença, deixe que eu faço isso – disse Montalbano.

A mulher se afastou, o comissário abriu a gaveta e viu que estava cheia de papéis, contas, receitas médicas, recibos.

– Onde estão os contracheques?

Foi então que Saro entrou no quarto. Eles não o tinham ouvido chegar: a porta do apartamento permanecera aberta. Em um segundo, à visão de Montalbano mexendo na gaveta, Saro convenceu-se de que o comissário estava revirando a casa à procura do colar. Empalideceu, começou a tremer e apoiou-se no umbral.

– O que é que o senhor quer? – conseguiu articular.

Aterrorizada pelo visível pavor do marido, a mulher falou antes de Montalbano ter tempo de responder.

— Mas é o contador Virduzzo! — quase gritou ela.
— Virduzzo? Esse aí é o comissário Montalbano!

A mulher cambaleou. Montalbano precipitou-se para segurá-la, temendo que o menininho acabasse caindo junto com a mãe, e ajudou-a a sentar-se na cama. Depois falou, e as palavras saíram-lhe da boca sem intervenção do cérebro, um fenômeno que já lhe acontecera em outras ocasiões e que certa vez um jornalista chamara de "lampejo da intuição que volta e meia ilumina o nosso policial".

— Onde vocês guardaram o colar?

Saro moveu-se, rígido, para compensar as pernas moles como ricota, dirigiu-se à cômoda, abriu a gaveta, tirou um pacote feito com papel de jornal e jogou-o sobre a cama. Montalbano o recolheu, foi até a cozinha, sentou-se e o abriu. Era uma joia ao mesmo tempo grosseira e finíssima: grosseira no desenho, na concepção, mas finíssima na feitura, na lapidação dos diamantes incrustados. Enquanto isso, Saro tinha ido ao encontro dele na cozinha.

— Quando foi que você achou?
— Segunda de manhã cedo, no curral.
— Falou com alguém?
— Não, senhor, só com a minha mulher.
— E veio alguém perguntar se você tinha achado um colar assim e assado?
— Veio. Filippo di Cosmo, homem de Gegè Gullotta.
— E você respondeu o quê?
— Que não.
— Ele acreditou?
— Acho que sim. E disse que se por acaso eu achasse, devia entregar a ele sem me fazer de esperto, porque o assunto era muito delicado.

— Ele prometeu alguma coisa?

— Prometeu. Cacetadas até me matar, se eu o tivesse achado e guardado pra mim, 50 mil liras se eu o achasse e entregasse a ele.

— O que você pretendia fazer com o colar?

— Eu ia empenhar. A gente decidiu isso, eu e Tana.

— Não iam vender?

— Não, senhor. Não era nosso, ia ser como se tivessem nos emprestado, não queríamos nos aproveitar.

— Somos gente de bem — interveio a mulher, que acabara de entrar, enxugando os olhos.

— O que pretendiam fazer com o dinheiro?

— Ia servir pra curar nosso filho. A gente ia poder levar ele pra fora daqui, pra Roma, Milão, algum lugar onde tivesse médicos que entendem.

Por algum tempo, ninguém falou. Depois, Montalbano pediu à mulher duas folhas de papel, e ela arrancou-as de um caderno que servia para anotar as despesas da casa. Montalbano estendeu uma das folhas a Saro.

— Faça um desenho, indicando o ponto exato onde você achou o colar. Você é agrimensor, não?

Enquanto Saro obedecia, o comissário escreveu na outra folha:

> Eu, abaixo assinado Salvo Montalbano, comissário junto ao gabinete de Segurança Pública de Vigàta (província de Montelusa), declaro ter recebido na presente data, das mãos do sr. Baldassare Montaperto, dito Saro, um colar de ouro maciço, com pingente em forma de coração, também este de ouro

maciço e cravejado de diamantes, por ele mesmo encontrado nas proximidades do local dito "o curral", no decorrer de seu trabalho como operador ecológico. O referido é verdade e dou fé.

Assinou, mas pensou um pouquinho antes de registrar a data no pé da página. Depois decidiu-se e escreveu: "Vigàta, 9 de setembro de 1993". Enquanto isso, Saro havia concluído. Os dois trocaram as folhas.

– Perfeito – disse o comissário, observando o desenho detalhado.

– Mas esta data aqui está errada – observou Saro. – O dia 9 foi segunda-feira. Hoje é 11.

– Não tem nada de errado. Você me trouxe o colar ao gabinete no mesmo dia em que o encontrou. Estava no seu bolso quando você foi ao comissariado para comunicar a descoberta de Luparello morto, mas só me deu o colar depois, porque não queria que seu colega de trabalho visse. Fui claro?

– Se o senhor tá dizendo...

– Guarde bem guardado este recibo.

– E agora o senhor vai fazer o quê, prender meu marido? – interveio a mulher.

– Por quê, o que foi que ele fez? – respondeu Montalbano, levantando-se.

# 7

Na casa de pasto San Calogero respeitavam-no, não tanto por ser ele o comissário, mas porque era um bom cliente, daqueles que sabem apreciar boa comida. Serviram-lhe salmonetes fresquíssimos, fritos até ficarem bem crocantes, e deixados um pouquinho a escorrer sobre papel de pão. Depois do café e de um longo passeio pelo quebra-mar do leste, voltou ao gabinete. Fazio, assim que o viu, levantou-se da escrivaninha.

– Doutor, tem um cara esperando pelo senhor.

– Quem é?

– Pino Catalano, lembra? Um daqueles dois lixeiros que acharam o corpo de Luparello.

– Mande entrar já.

Montalbano compreendeu imediatamente que o rapaz estava nervoso, tenso.

– Sente-se.

Pino pousou o traseiro bem na pontinha da cadeira.

— Posso saber por que o senhor foi na minha casa pra fazer aquele teatro todo? Eu não tenho nada a esconder.

— É simples: pra não assustar sua mãe. Se eu dissesse que sou um comissário, ela era capaz de ter um troço.

— Se foi por isso, obrigado.

— Como você descobriu que era eu?

— Telefonei à minha mãe pra saber como se sentia, quando eu saí ela tava com dor de cabeça, e ela disse que um homem tinha aparecido pra me entregar um envelope, mas tinha esquecido de levar. O homem saiu dizendo que ia buscar, mas não voltou. Fiquei intrigado e pedi à minha mãe pra me descrever ele. Quando quiser se passar por outra pessoa, o senhor devia mandar tirar o sinal que tem embaixo do olho esquerdo. O que o senhor quer comigo?

— Uma pergunta. Alguém foi ao curral pra saber se você por acaso havia achado um colar?

— Sim, um cara que o senhor conhece, Filippo di Cosmo.

— E você?

— Eu disse que não achei, como é verdade, aliás.

— E ele?

— Ele falou que, se eu encontrasse, ótimo, me dava cinquenta mil liras; mas se eu encontrasse e não entregasse, pior pra mim. As mesmas coisas que ele disse a Saro. Mas Saro também não achou.

— Você passou em casa antes de vir pra cá?

— Não, senhor, vim direto.

— Você escreve coisas pra teatro?

— Não, senhor, mas gosto de ler em voz alta, de vez em quando.

– E isto aqui o que é, então?

E Montalbano estendeu a Pino a folha de papel que havia apanhado na mesinha. Pino olhou, nem um pouco impressionado, e sorriu.

– Não, isto aqui não é uma cena de teatro, é...

Calou-se, agora perturbado. Tinha se dado conta de que, se aquelas não eram as falas de uma comédia, ele deveria dizer o que na verdade eram, coisa nada fácil.

– Vou lhe dar uma mãozinha – interveio Montalbano. – Isto aqui é a transcrição de um telefonema que um de vocês dois deu ao advogado Rizzo, logo após encontrarem o corpo de Luparello e antes mesmo de virem ao comissariado pra comunicar a descoberta. Não é?

– Sim, senhor.

– Quem telefonou?

– Eu. Mas Saro tava do lado e escutou.

– Por que vocês fizeram isso?

– Porque o engenheiro era um homem importante, poderoso. E então a gente pensou em avisar o advogado. Ou melhor, não, a primeira ideia foi ligar pro deputado Cusumano.

– E por que não ligaram?

– Porque, com Luparello morto, Cusumano é como quem num terremoto perdeu não só a casa, mas também o dinheiro que escondia embaixo dos tijolos.

– Explique melhor por que vocês avisaram a Rizzo.

– Porque talvez ainda desse para fazer alguma coisa.

– Que coisa?

Pino não respondeu, ele transpirava, passava a língua nos lábios.

— Vou dar outra mãozinha. Talvez ainda desse para fazer alguma coisa, diz você. Algo como empurrar o carro pra fora do curral, fazer com que o morto fosse achado em algum outro lugar? Foi isso que vocês imaginaram que Rizzo iria mandar que fizessem?
— Sim, senhor.
— E vocês estariam dispostos a fazer?
— Claro! A gente telefonou pra isso!
— O que esperavam em troca?
— Que ele talvez nos arrumasse outro trabalho, nos fizesse ganhar um concurso pra agrimensores, nos conseguisse um bom emprego, nos tirasse desse batente de lixeiros fodidos. Comissário, o senhor sabe melhor do que eu. Quando não se tem o vento a favor, não se navega.
— Me explique o mais importante: por que você transcreveu esse diálogo? Para fazer alguma chantagem?
— De que jeito? Com palavras? Palavra voa com o vento.
— Então, pra quê?
— Se o senhor quiser acreditar, acredite. Se não, paciência. Eu transcrevi porque queria estudar esse telefonema, não soava bem, falando como uma pessoa de teatro.
— Não entendi.
— Vamos fazer de conta que isso que está escrito tem que ser recitado, entende? Então eu, personagem Pino, telefono de manhã cedo pro personagem Rizzo, pra dizer que encontrei morto o homem de quem ele é secretário, amigo devotado, companheiro de política. Mais que um irmão. E o personagem Rizzo continua calmíssimo, não se altera, não pergunta onde a gente achou o engenheiro, como foi

que ele morreu, se foi tiro, se foi acidente de carro. Nada de nada, só pergunta por que a gente foi contar justamente pra ele. Para o senhor parece uma coisa que soa direito?
– Não. Continue.
– Ele não se espanta nem um pouco, é isso. Pelo contrário, vai logo tentando botar uma distância entre ele e o morto, como se fosse um conhecimento assim de passagem. E manda a gente fazer o nosso dever, ou seja, avisar à polícia. E desliga. Não, comissário, como peça está tudo errado, o público ia começar a rir, não funciona.

Montalbano liberou Pino, mas conservou o papel. Quando o lixeiro saiu, releu o texto.

Funcionava, e como! Funcionava às mil maravilhas se, na hipotética peça, que aliás não era tão hipotética assim, Rizzo já soubesse, antes de receber o telefonema, onde e como Luparello havia morrido, e quisesse que o cadáver fosse descoberto o mais rápido possível.

Estarrecido, Jacomuzzi observou Montalbano: o comissário estava à sua frente todo arrumado, de terno azul-escuro, camisa branca, gravata bordô e reluzentes sapatos pretos.
– Jesus! Vai casar?
– Já acabaram de ver o carro de Luparello? O que vocês descobriram?
– Dentro, nada de relevante. Mas...
– ...a suspensão estava quebrada.
– Como é que você sabe?
– Um passarinho me contou. Olha só, Jacomuzzi.

Montalbano puxou do bolso o colar e jogou-o sobre a mesa do outro. Jacomuzzi apanhou-o, examinou-o atentamente e fez um gesto de espanto.

— Mas isto aqui é verdadeiro! Vale dezenas e dezenas de milhões! Tinha sido roubado?

— Não, uma pessoa achou no chão, no curral, e me entregou.

— No curral? E qual é a puta que pode se permitir uma joia assim? Está brincando?

— Você deve examinar isso daí, fotografar, em suma, fazer o seu trabalho. Me diga os resultados assim que puder.

O telefone tocou, Jacomuzzi atendeu e passou o fone ao colega.

— Quem é?

— Sou eu, Fazio, doutor. Volte logo pra cá, tá acontecendo uma confusão.

— Me conte.

— O professor Contino começou a atirar nas pessoas.

— Atirar, como?

— Atirar, atirar. Dois disparos do terraço da casa dele, em cima das pessoas que estavam sentadas no bar do térreo, gritando umas coisas que ninguém entendeu. E no terceiro tiro ele tentou acertar foi em mim, quando eu ia entrando pelo portão da casa para ver o que tava acontecendo.

— Matou alguém?

— Ninguém. Pegou de raspão o braço de um tal De Francesco.

— Está bem, já vou indo.

Enquanto percorria acelerado os dez quilômetros que o separavam de Vigàta, Montalbano pensou no professor Contino. Não somente o conhecia como entre os dois havia um segredo. Certo dia, seis meses antes, o comissário estava fazendo a caminhada que, duas ou três vezes por semana, costumava permitir-se ao longo do quebra-mar do leste, até o farol. Antes, porém, dava um pulinho na mercearia de Anselmo Greco, um pardieiro que destoava do resto da rua, em meio a lojas de roupas e reluzentes bares com paredes cheias de espelhos. Entre outras coisas antiquadas, como bonecos de barro ou pesos enferrujados para balanças do século passado, Greco vendia tira-gostos a granel, grãos-de-bico torrados e sementes de abóbora salgadas. O comissário mandava encher um saquinho e saía. Naquele dia, havia alcançado a ponta, bem sob o farol, e já estava voltando quando viu abaixo dele, sentado num bloco de cimento do quebra-mar e alheio às fortes ondas que o cobriam de respingos, um homem de certa idade, imóvel, de cabeça baixa. Montalbano observou melhor, para ver se por acaso o homem segurava uma vara com linha e anzol, mas ele não estava pescando nem fazendo nada. De repente, o homem se levantou, fez um rápido sinal da cruz e balançou-se na ponta dos pés.

– Pare! – gritou Montalbano.

O homem ficou surpreso, pensava estar sozinho. Com dois pulos, o comissário o alcançou, agarrou-o pela gola do paletó, ergueu-o do chão e o levou para um ponto mais seguro.

– O que pretendia fazer? Ia se matar?

– Ia.

– Mas por quê?

– Porque minha mulher está me corneando.

Montalbano podia esperar tudo, menos aquela motivação: certamente, o homem já passara dos oitenta anos.

— Sua mulher, que idade tem?
— Digamos oitenta. Eu tenho 82.
Um diálogo absurdo numa situação absurda, e o comissário não quis continuar. Pegou o homem pelo braço e forçou-o a tomar o rumo do lugarejo. A esta altura, só para tornar a situação ainda mais louca, o homem se apresentou.
— Me permite? Eu sou Giosuè Contino, fui professor primário. E o senhor quem é? Naturalmente, se quiser dizer.
— Me chamo Salvo Montalbano, sou o comissário de Segurança Pública de Vigàta.
— Ah, sim? Bem a propósito: o senhor por gentileza avise àquela grande puta da minha mulher pra não me botar chifre com Agatino De Francesco, porque senão, qualquer dia destes, eu vou cometer um despropósito.
— Quem é esse De Francesco?
— Ele foi carteiro. É mais moço do que eu, tem 76 anos e recebe uma pensão uma vez e meia maior do que a minha.
— O senhor tem certeza do que está dizendo ou é só uma suspeita?
— Certeza. Pelo Evangelho. Toda tarde que Deus dá, chova ou faça sol, esse De Francesco vai tomar um café no bar que fica embaixo da minha casa.
— E daí?
— Quanto tempo o senhor leva pra tomar um cafezinho?
Por um instante, Montalbano deixou-se arrastar pela pacata loucura do velho professor.
— Depende. Se eu estiver de pé...
— De pé, nada! Sentado!
— Bem, depende se eu tiver marcado algum encontro e precise esperar, ou então se for pra passar o tempo.

— Não, meu prezado, aquele lá só se senta pra ficar olhando a minha mulher, que fica olhando pra ele, e os dois não perdem a oportunidade de fazer isso.

Enquanto falavam, haviam chegado ao lugarejo.

— Professor, o senhor mora onde?

— No final da rua, na praça Dante.

— Vamos dar a volta por trás, é melhor. — Montalbano não queria que o velho, ensopado e trêmulo de frio, despertasse curiosidade e fofocas entre os vigatenses.

— O senhor sobe comigo? Aceita um café? — perguntou o professor, enquanto tirava do bolso a chave do portão.

— Não, obrigado. Vá se enxugar e trocar de roupa, professor.

Na mesma tarde, Montalbano convocou De Francesco, o ex-carteiro, um velhinho minúsculo, antipático, que reagiu duramente, com voz estridente, aos conselhos do comissário.

— Eu vou tomar o meu café onde me der na telha, ouviu bem? Só me faltava essa. É proibido frequentar o bar embaixo da casa daquele esclerosado do Contino? Me admira o senhor, que deveria representar a lei e me vem com uma conversa dessa!

— Acabou tudo — disse o guarda que mantinha a distância os curiosos aglomerados no portão da praça Dante. Diante da entrada do apartamento estava o *brigadiere* Fazio, que abriu os braços, desconsolado. Os aposentos encontravam-se em perfeita ordem, arrumadíssimos. O professor Contino jazia numa poltrona, com uma manchinha de sangue à altura do coração. O revólver tinha caído no chão, junto à poltrona, um velhíssimo Smith & Wesson de cinco balas, que devia remontar, no mínimo, aos tempos de Buffalo Bill, mas que desafortunadamente havia continuado a funcionar. A mulher estava estendida na cama, também ela com sangue à altura do coração, as mãos agarradas a um terço. Devia ter rezado, antes de consentir que o marido a matasse. E, de novo, Montalbano pensou no chefe de polícia, que desta vez tinha razão: aqui, a morte encontrara sua dignidade.

Nervoso, irascível, o comissário deu instruções ao *brigadiere* e deixou-o esperando o juiz. Além de uma repentina melancolia, sentia um pouco de remorso: e se ele tivesse interferido com mais sabedoria junto ao professor? Se tivesse advertido a tempo os amigos, o médico de Contino?

Passeou demoradamente pelo cais e pelo quebra-mar preferido e depois, sentindo-se um pouco mais calmo, voltou ao comissariado. Encontrou Fazio fora de si.

– O que é, o que foi que houve? O juiz não apareceu?
– Não, ele apareceu, já levaram os corpos.
– Então, o que deu em você?
– Deu que, enquanto metade do povo foi ver o professor Contino atirando, uns cornos se aproveitaram e limparam dois apartamentos, de cima a baixo. Já mandei quatro agentes para lá. E eu estava esperando o senhor, pra ir também.
– Tudo bem, pode ir. Eu fico aqui.

Montalbano decidiu que tinha chegado a hora de dar a cartada definitiva. O estratagema que ele tinha em mente devia funcionar de qualquer jeito.

– Jacomuzzi?
– Epa, caralho! Que pressa é essa? Ainda não me disseram nada sobre o seu colar. Não deu tempo.
– Sei muito bem que você ainda não pode me dizer nada, tenho plena consciência.
– Então, o que é que você quer?
– Recomendar a máxima discrição. Essa história do colar não é tão simples quanto parece e pode ter desdobramentos imprevisíveis.
– Assim você me ofende! Se me diz que eu não devo falar de uma coisa, eu não falo nem por ordem divina!
– Engenheiro Luparello? Fiquei realmente consternado por não ter comparecido hoje. Foi absolutamente impossível, acredite. Peço-lhe que apresente minhas desculpas à senhora sua mãe.
– Um momentinho, comissário.
Pacientemente, Montalbano esperou.
– Comissário? Minha mãe pergunta se amanhã, no mesmo horário, está bom para o senhor.
Estava bom, e Montalbano confirmou.

# 8

O comissário retornou cansado para casa, com a intenção de ir dormir logo, mas quase mecanicamente, numa espécie de tique nervoso, ligou a televisão. O apresentador da Televigàta, depois de falar do acontecimento do dia, um tiroteio entre pequenos mafiosos, ocorrido horas antes na periferia de Miletta, anunciou que, em Montelusa, tinha-se reunido a secretaria provincial do partido ao qual o engenheiro Luparello pertencia (ou melhor, pertencera). Reunião extraordinária, a qual, em tempos menos tempestuosos que os atuais, e pelo devido respeito ao falecido, só deveria ter sido convocada para, no mínimo, depois do trigésimo dia da morte; mas, no momento, as turbulências da situação política impunham decisões lúcidas e rápidas. A saber: para secretário provincial, tinha sido eleito, por unanimidade, o dr. Ângelo Cardamone, ortopedista-chefe do hospital de Montelusa, um homem que sempre tinha combatido Luparello no seio do partido, mas lealmente, corajosamente, às claras. Tal contraste de ideias, prosseguia o comentarista, podia ser simplificado nestes termos: o engenheiro era a favor da manutenção do governo quadripartidário, mas com a inclusão de forças virgens e não contaminadas pela Política (leia-se: ainda não alcançadas por notificações judiciais), enquanto o ortopedista se mostrava inclinado a um diálogo com a esquerda, ainda que alerta e cauteloso. O recém-eleito recebera telegramas e telefonemas de congratulações, inclusive da oposição. Cardamone, entrevistado, parecia comovido, mas firme, declarando que empregaria todo o empenho possível no sentido de não fazer má figura perante a sagrada memória de seu predecessor, e concluindo com a afirmação de que, ao partido renovado, dedicaria o seu "operoso trabalho" e a sua "ciência".

"E ainda bem que ele a dedica ao partido", não pôde impedir-se Montalbano de pensar com seus botões, considerando que a ciência de Cardamone, cirurgicamente falando, tinha produzido na província mais aleijados do que os geralmente deixados atrás de si por um violento terremoto.

As palavras que o jornalista acrescentou a seguir atiçaram os ouvidos do comissário. Para que o dr. Cardamone pudesse trilhar sem percalços o próprio caminho, sem renegar aqueles princípios e aqueles homens que representavam o melhor da atividade política do engenheiro, os membros da secretaria haviam insistido em que o advogado Pietro Rizzo, herdeiro espiritual de Luparello, marchasse ao lado do novo secretário. Após uma compreensível resistência, em virtude das pesadas responsabilidades que o inesperado encargo comportava, Rizzo tinha se deixado convencer a aceitar. Na entrevista com ele que a Televigàta exibia, o advogado declarava, também muito comovido, ter-se obrigado a submeter-se àquela dura tarefa, a fim de permanecer fiel à memória de seu mestre e amigo, cuja palavra de ordem sempre tinha sido uma só, e só uma: servir. Montalbano deu um salto de surpresa: mas como? Então o novo eleito impunha a si mesmo a presença, oficial, de quem tinha sido o mais fiel colaborador de seu principal adversário? Durou pouco, no entanto, essa surpresa, a qual o comissário, pensando só um pouquinho, definiu como ingênua: desde sempre, aquele partido se distinguira por uma inata vocação para o compromisso, a indefinição radical. Possivelmente, Cardamone ainda não tinha as costas suficientemente largas para conseguir agir sozinho e, portanto, precisava de uma escora.

O comissário trocou de canal. Na Retelibera, estava no ar a voz da oposição de esquerda, Nicolò Zito, o repórter e comentarista de maior audiência, o qual explicava tintim por tintim, *zara zabara* para dizer em dialeto ou *mutatis mutandis* para falar em latim, como as coisas na ilha, e na província de Montelusa em particular, nunca se alteravam, mesmo que o barômetro indicasse tempestade. Numa tirada fácil, Zito citou a frase saliniana[*] de mudar tudo para que nada mude, e concluiu que tanto Luparello quanto Cardamone eram farinha do mesmo saco, as duas faces de uma só moeda, e que a liga dessa moeda não era senão o advogado Rizzo.

Montalbano correu ao telefone, discou o número da Retelibera e mandou chamar Zito: entre ele e o jornalista havia certa simpatia, uma quase amizade.

---

[*] Alusão ao príncipe de Salina, personagem do romance *O leopardo*, de Giuseppe Tomasi di Lampedusa. (N. T.)

— O que deseja, comissário?

— Falar com você.

— Meu amigo, amanhã de manhã eu sigo pra Palermo, vou estar fora por pelo menos uma semana. Está bem para você se eu for até aí dentro de meia hora? Me arrume alguma coisa para comer, estou com fome.

Um prato de massa ao alho e óleo dava para fazer sem problemas. Montalbano abriu a geladeira: Adelina havia preparado um abundante ensopadinho de camarão, suficiente até para quatro. Adelina era mãe de dois delinquentes, o caçula dos dois tinha sido detido três anos antes pelo próprio Montalbano e ainda estava na prisão.

No último mês de julho, quando viera a Vigàta para passar duas semanas com ele, Livia tinha ficado apavorada ao ouvir aquela história.

— Você é louco? Mais dia, menos dia, essa daí resolve se vingar e envenena sua sopa!

— Mas de que ela se vingaria?

— Você prendeu o filho dela!

— E daí, é culpa minha? Adelina sabe muitíssimo bem que não é culpa minha, mas do filho, que foi babaca de se deixar apanhar. Eu agi lealmente pra prender ele, não recorri a estratagemas nem armadilhas. Foi tudo normal.

— Não quero nem saber desse jeito distorcido de vocês raciocinarem. Você tem que mandar ela embora.

— Mas, se eu fizer isso, quem cuida da casa, lava e passa, faz comida pra mim?

— Você arranja outra!

— Aí é que você se engana: boa como Adelina não existe.

Estava botando a água no fogo quando o telefone tocou.

– Gostaria de afundar-me sob a terra por ter sido obrigado a acordá-lo a esta hora – foi a introdução.

– Eu não estava dormindo. Quem fala?

– Pietro Rizzo, o advogado.

– Ah, advogado. Meus parabéns.

– Por quê? Se é pela honra que o meu partido acaba de conceder-me, o senhor deveria antes dar-me pêsames. Aceitei, creia-me, unicamente pela fidelidade que sempre me ligará aos ideais do pobre engenheiro. Mas, vamos ao motivo deste telefonema: preciso falar-lhe, comissário.

– Agora?!

– Agora, não, sem dúvida, mas creia na improcrastinabilidade da questão.

– Poderia ser amanhã de manhã, mas o enterro não vai ser nesse horário? O senhor estará ocupadíssimo, suponho.

– E muito! Inclusive durante a tarde. O senhor sabe, seguramente alguma visita importante irá demorar-se.

– Então, quando?

– Escute, pensando bem, poderia ser mesmo amanhã de manhã, mas bem cedo. A que horas o senhor costuma estar em seu gabinete?

– Por volta das oito horas.

– Às oito horas, para mim, estaria adequadíssimo. Até mesmo por tratar-se de assunto para poucos minutos.

– Uma coisa, doutor, já que amanhã o senhor terá pouco tempo, não dá para me antecipar de que se trata?

– Por telefone?

– Só uma dica.

– Pois muito bem. Chegou ao meu conhecimento, mas ignoro o quanto a versão corresponde à verdade, que teria sido entregue ao senhor um objeto encontrado no chão por acaso. E eu estou encarregado de recuperá-lo.

Montalbano cobriu o fone com a mão e literalmente explodiu num relincho equino, uma poderosa gargalhada. Havia posto a isca do colar no anzol Jacomuzzi e o estratagema tinha funcionado muito bem, fisgando o maior peixe que ele poderia esperar. Mas como fazia Jacomuzzi para informar todo mundo sobre aquilo que nem todo mundo devia saber? Recorria ao raio *laser*, à telepatia, a misteriosas práticas de magia? O comissário percebeu que o advogado gritava.

– Alô? Alô? Não consigo ouvi-lo! Será que a ligação caiu?

– Não, desculpe, eu estava apanhando o lápis, que caiu no chão. Até amanhã, às oito horas.

Assim que escutou a campainha da entrada, Montalbano baixou o fogo em que cozinhava a massa e foi abrir.

– O que foi que você preparou pra mim? – quis saber Zito, entrando.

– Massa ao alho e óleo, camarões ao azeite e limão.

– Ótimo.

– Vem até aqui na cozinha, me dê uma ajuda. Enquanto isso vou fazendo a primeira pergunta: você sabe pronunciar improcrastinabilidade?

– Que foi, enlouqueceu de vez? Me faz vir desembestado de Montelusa a Vigàta pra me perguntar se eu sei dizer uma palavra? Seja como for, qual é o problema? Muito fácil.

Zito tentou, três ou quatro vezes, sempre mais obstinado, mas não conseguiu. A cada vez se atrapalhava mais.

— Precisa ser hábil, muito hábil — disse o comissário, pensando em Rizzo, e não se referia somente à habilidade do advogado em pronunciar trava-línguas com desenvoltura.

Os dois comeram falando de comida, como sempre acontece. Zito, depois de lembrar uns camarões maravilhosos que havia degustado em Fiacca dez anos antes, criticou o grau de cozimento e lamentou a total falta de um toquezinho de salsa.

— Como foi que lá na Retelibera vocês todos viraram ingleses? — atacou Montalbano sem aviso prévio, enquanto saboreavam um branco que era uma beleza, e que seu pai havia descoberto pelas bandas de Randazzo. Uma semana antes, o velho tinha trazido seis garrafas, mas era uma desculpa para ficar um pouquinho com o filho.

— Ingleses em que sentido?

— No sentido de evitar desmoralizar Luparello, coisa que em outras ocasiões vocês seguramente fizeram. Veja bem: o engenheiro morre de infarto numa espécie de bordel ao ar livre, rodeado de putas, cafetões e bichas, com as calças arriadas, uma situação francamente obscena, e vocês, em vez de agarrar a oportunidade, calam a boca e estendem um piedoso véu sobre a maneira pela qual ele morreu.

— Não é nosso costume aproveitar — disse Zito.

Montalbano começou a rir.

— Me faz um favor, Nicolò? Vão cagar, você e toda a Retelibera.

Zito também começou a rir, por sua vez.

— Tudo bem, o negócio foi o seguinte. Poucas horas depois de acharem o cadáver, o advogado Rizzo correu ao barão Filò di Baucina, o barão vermelho, bilionário mas comunista, e implorou de mãos juntas que a Retelibera não falasse das circunstâncias da morte. Apelou para o senso de cavalheirismo que os antepassados do barão aparentemente, em tempos antigos, teriam possuído. Como você sabe, o barão tem nas suas mãos oitenta por cento da propriedade de nossa emissora. Foi isso.

– Foi isso é o cacete. E você, Nicolò Zito, que conquistou o respeito dos adversários porque sempre diz o que deve dizer, responde "sim, senhor" ao barão e se encolhe?

– De que cor são os meus cabelos? – perguntou Zito, em resposta.

– Ruivos.

– Montalbano, eu sou ruivo por dentro e por fora, faço parte dos comunistas maus e rancorosos, uma espécie em vias de extinção. Concordei por estar convencido de que quem nos pedia pra passar por cima das circunstâncias da morte, evitando enlamear a memória do infeliz, na verdade queria mal a ele, e não bem, como tentava aparentar.

– Não entendi.

– Eu explico, otário. Se você quiser fazer esquecer rapidamente um escândalo, basta falar dele ao máximo, na televisão e nos jornais. Fala e volta a falar, pisa e repisa. Dali a pouco, as pessoas começam a ficar de saco cheio: estão encompridando demais essa história! Por que não acabam com isso? Em menos de quinze dias, esse efeito de saturação faz com que ninguém queira mais ouvir nada sobre aquele escândalo. Entendeu?

– Acho que sim.

– Mas se, ao contrário, você fizer silêncio, o silêncio começa a falar, multiplica as fofocas, aumenta cada vez mais o disse me disse. Quer um exemplo? Sabe quantos telefonemas nós recebemos na redação, justamente por causa do nosso silêncio? Centenas. É verdade que o engenheiro fodia com duas de cada vez? É verdade que gostava de fazer sanduíche, e enquanto comia uma puta um negro entubava ele por trás? E o último, de hoje à noite: é verdade que Luparello dava às suas piranhas umas joias fabulosas? Parece que acharam uma no curral. A propósito, você sabe alguma coisa sobre isso?

– Eu? Não, com certeza é invenção – mentiu tranquilamente o comissário.

– Tá vendo? Tenho certeza de que, daqui a alguns meses, vai aparecer um babaca pra me perguntar se é verdade que o engenheiro sodomizava meninos de quatro anos e depois comia todos, recheados com castanhas. A desmoralização dele será eterna, vai virar lenda. Agora, espero que você tenha entendido por que eu respondi sim a quem me pediu pra enterrar o assunto.

– E a posição de Cardamone, qual é?

– Bom, a eleição dele foi estranhíssima. Pensa bem: na secretaria provincial só havia homens de Luparello, mais dois de Cardamone mantidos ali por fachada, pra dar a impressão de que eram democráticos. Sem dúvida nenhuma, o novo secretário podia e devia ser um sequaz do engenheiro. Em vez disso, golpe de cena: Rizzo se levanta e propõe Cardamone. Os outros do clã se assustam, mas não ousam se opor: se Rizzo fala assim, isso significa que por trás deve haver algo perigoso que pode acontecer, convém seguir o advogado nesse caminho. E votam a favor. Elege-se Cardamone, o qual, depois de aceitar o cargo, propõe de viva voz que Rizzo o assessore, para grande humilhação de seus dois representantes na secretaria. Mas eu entendo Cardamone: ele deve ter pensado que seria preferível engolir Rizzo a deixá-lo pairando no ar como uma bomba.

A seguir, Zito passou a contar ao comissário um romance que pretendia escrever. A conversa durou até as quatro horas da manhã.

Montalbano examinava o estado de saúde de uma planta suculenta que Livia lhe dera, e que ele mantinha no peitoril da janela do gabinete, quando viu chegar um automóvel de cor azul-real equipado com telefone, motorista e guarda-costas, este o primeiro a descer a fim de abrir a porta a um homem de baixa estatura, careca, metido num terno da mesma cor do carro.

– Aí fora está chegando um cara para falar comigo, mande entrar logo – disse ele ao agente de plantão.

Quando Rizzo entrou, o comissário notou que a parte alta da manga esquerda dele estava coberta por uma faixa negra de um palmo de largura: o advogado já estava usando luto para comparecer à cerimônia fúnebre.

– O que eu devo fazer para que o senhor me perdoe?
– Perdoar por quê?
– Por havê-lo incomodado em sua residência, e em horário tardio.
– Mas a questão, como o senhor disse, era impro...
– Improcrastinável, sem dúvida.

Como era competente o advogado Pietro Rizzo!

– Vamos ao assunto. Noite alta do último domingo, um jovem casal, aliás respeitabilíssimo, havendo bebido um pouquinho, deixa-se arrastar a uma irresponsável travessura. A esposa convence o marido a levá-la até o curral, está curiosa pelo lugar e por aquilo que ali acontece. Curiosidade reprovável concordo, mas nada além disso. O casal chega às proximidades do curral e a mulher desce. Contudo, quase na mesma hora, aborrecida pelas propostas vulgares que lhe são feitas, volta a entrar no carro e os dois vão embora. Ao entrar em casa, ela percebe haver perdido um objeto precioso que usava no pescoço.

– Que combinação estranha – comentou quase para si mesmo o comissário.

– Como disse?

– Eu estava refletindo sobre o fato de que, quase à mesma hora e no mesmo lugar, morria o engenheiro Luparello.

Sem se alterar, o advogado Rizzo assumiu uma expressão grave.

– Também me dei conta disso, sabe? Brincadeiras do destino.

– O objeto do qual o senhor está falando é um colar de ouro maciço, com um coração cravejado de pedras preciosas?

– Esse mesmo. E agora eu venho pedir que o senhor o restitua aos legítimos proprietários, usando da mesma discrição de que se serviu por ocasião da descoberta do meu pobre engenheiro.

– Queira desculpar – disse o comissário –, mas eu não faço a mínima ideia sobre como se deve proceder num caso como este. De qualquer modo, penso que tudo seria diferente se a proprietária se apresentasse.

– Mas eu tenho uma procuração!

— Ah, é? Eu gostaria de vê-la.

— Não há problema, comissário. O senhor compreenderá: antes de expor os nomes dos meus clientes, eu queria assegurar-me de que se tratava do mesmo objeto que eles estavam procurando.

O advogado meteu a mão no bolso, tirou um papel e estendeu-o a Montalbano. O comissário leu atentamente.

— Quem é Giacomo Cardamone, que assina a procuração?

— É o filho do professor Cardamone, nosso novo secretário provincial.

Montalbano decidiu que estava na hora de repetir o teatro.

— Mas é realmente estranho! — comentou em voz baixíssima, e fazendo uma cara de profunda meditação.

— Queira desculpar, como disse?

Montalbano não respondeu logo, deixou o outro de molho um pouquinho.

— Eu estava pensando que o destino, como o senhor diz, está brincando um pouco demais conosco nesta história.

— Em que sentido, por favor?

— No sentido de que o filho do novo secretário político se encontra na mesma hora e no mesmo lugar em que morre o velho secretário. Não lhe parece curioso?

— Agora que o senhor me chamou a atenção para esse ponto, sim. Mas excluo, da maneira mais absoluta, a possibilidade de que entre os dois fatos exista a mínima relação.

— Eu também excluo — disse Montalbano. E prosseguiu: — Não entendi a assinatura que vem junto com a de Giacomo Cardamone.

— É a assinatura da esposa, uma sueca. Uma mulher, francamente, um pouco desregrada, que não sabe adequar-se aos nossos costumes.

— Em sua opinião, quanto pode valer essa joia?

— Eu não entendo disso, mas os proprietários me falaram em cerca de 80 milhões.

— Então, façamos o seguinte. Mais tarde, eu telefono ao meu colega Jacomuzzi e peço que me devolva o colar, que no momento está com ele. Amanhã de manhã, um agente meu vai entregá-lo ao senhor em seu escritório.

— Realmente, eu não saberia como agradecer-lhe...

Montalbano o interrompeu.

— O senhor entregará o devido recibo ao meu agente.

— Mas sem dúvida!

— E um cheque de 10 milhões. Eu me permiti arredondar o valor do colar, que seria o percentual devido a quem encontra objetos de valor ou importâncias em dinheiro.

Rizzo aguentou o golpe quase com elegância.

— Acho justíssimo. Nominal a quem?

— A Baldassare Montaperto, um dos dois varredores que acharam o corpo do engenheiro.

Cuidadosamente, o advogado anotou o nome.

# 9

Rizzo ainda não tinha acabado de fechar a porta e Montalbano já discava o número da casa de Nicolò Zito. Aquilo que o advogado tinha dito acionou nele um mecanismo mental que se concretizava externamente numa premente necessidade de agir. A mulher de Zito atendeu.

— Meu marido acabou de sair, está indo para Palermo.

E a seguir, repentinamente desconfiada:

— Mas ele não esteve com o senhor ontem à noite?

— Claro que ele esteve comigo, minha senhora, mas só agora de manhã eu me lembrei de um fato importante.

— Espere um pouco, talvez ele ainda esteja no prédio, vou chamar pelo interfone.

Dali a pouco, Montalbano escutou primeiro a respiração ofegante, depois a voz do amigo.

— Mas o que é que você quer? Ontem não foi suficiente?

— Preciso de uma informação.

— Só se for coisa rápida.

— Quero saber tudo, mas tudo mesmo, inclusive as fofocas mais estranhas, sobre Giacomo Cardamone e sua mulher, uma sueca, parece.

— Como, parece? Um mulherão de 1,80 metro, loura, cada perna, e uma cara...! Se você quer mesmo saber tudo, precisamos de um tempo que eu não tenho. Vamos fazer o seguinte: eu saio, durante a viagem penso no assunto e, assim que chegar, te mando um fax, juro.

— Para onde você manda? Para o comissariado? Mas aqui a gente ainda está na era do gongo, dos sinais de fumaça.

— Neste caso, eu mando o fax para a minha redação de Montelusa. Você passa para pegar ainda agora de manhã, na hora do almoço.

Montalbano precisava fazer alguma coisa. Saiu do gabinete e foi até a sala do *brigadiere.*

— Como vai Tortorella?

Fazio olhou para a escrivaninha vazia do colega.

— Ontem eu fui visitar ele. Parece que vai ter alta do hospital na segunda-feira.

— Você sabe como é que se faz pra entrar na fábrica velha?

— Quando fizeram o muro de isolamento, depois que ela fechou, botaram um portão pequenininho, a pessoa tem que se abaixar pra entrar, um portão de ferro.

— A chave fica com quem?

— Não sei, posso me informar.

— Você não só se informe, mas me arrume essa chave ainda agora de manhã.

Montalbano voltou ao gabinete e telefonou a Jacomuzzi. O qual, depois de fazê-lo esperar, decidiu-se finalmente a atendê-lo.

– O que é que você tem, dor de barriga?
– Porra, Montalbano, o que é que você quer?
– Acharam alguma coisa no colar?
– Queria que a gente achasse o quê? Nada. Ou melhor, impressões digitais, sim, mas tantas e tão confusas que ficaram indecifráveis. Agora, eu faço o quê com ele?
– Me devolva ainda hoje. Ainda hoje, entendido?

Da sala ao lado chegou a voz alterada de Fazio:
– Mas, afinal, ninguém sabe quem era o dono dessa tal de Sicilquim? Deve ter um curador da massa falida, algum responsável!

E Fazio continuou, ao ver Montalbano entrar:
– Acho que vai ser mais fácil conseguir as chaves de São Pedro.

O comissário avisou que estava saindo e retornaria dentro de duas horas, no máximo. Na volta, queria a chave em cima de sua mesa.

Assim que o viu na soleira, a mulher de Montaperto empalideceu e levou uma das mãos ao coração.
– Ai, meu Deus! O que foi? O que aconteceu?
– Nada pra senhora se preocupar. Pelo contrário, tenho boas notícias, verdade. Seu marido está?
– Sim, senhor, ele hoje largou cedo.

A mulher instalou-o na cozinha e foi chamar Saro, que se deitara no quarto, ao lado do menino, e tentava fazê-lo fechar os olhos, nem que fosse um pouquinho.

— Sentem-se – disse o comissário – e prestem atenção. Pra onde vocês tinham pensado em levar seu filho, com o dinheiro do penhor do colar?

— Pra Bélgica – respondeu Saro prontamente –, porque meu irmão mora lá, e disse que pode hospedar a gente por algum tempo.

— Vocês têm o dinheiro para a viagem?

— Economizando até o osso, a gente conseguiu guardar alguma coisa – disse a mulher, sem esconder uma pontinha de orgulho.

— Mas só dá para a viagem – esclareceu Saro.

— Muito bem. Então, hoje mesmo, você vai à estação e compra as passagens. Ou melhor, pegue o ônibus e vá a Raccadali, lá não tem uma agência?

— Tem. Mas por que ir até Raccadali?

— Não quero que saibam aqui em Vigàta o que vocês pretendem fazer. Enquanto isso, a senhora vai arrumando as malas. Não contem a ninguém pra onde estão indo, nem mesmo a pessoas da família. Entenderam?

— Até aqui, eu entendi. Mas, comissário, desculpe, qual é o problema de ir à Bélgica pra cuidar do menino? O senhor tá me mandando fazer tudo escondido, como se fosse contra a lei.

— Saro, você não está fazendo nada contra a lei, é claro. Mas eu quero me assegurar de muitas coisas, portanto você deve confiar em mim e fazer somente o que eu disser.

— Tudo bem, mas o senhor deve ter esquecido, o que é que a gente vai fazer na Bélgica se o dinheiro só dá mal e mal pra ida e a volta? Passear?

— Vocês vão ter o dinheiro suficiente. Amanhã de manhã um agente meu vai trazer aqui um cheque de dez milhões.

— Dez milhões?! E por quê? — perguntou Saro, quase sem ar.

— Cabem a vocês de direito. É o percentual pelo colar que você achou e me entregou. Podem gastar esse dinheiro às claras, sem problemas. Assim que o cheque chegar, descontem correndo e viajem logo.

— O cheque é de quem?

— Do advogado Rizzo.

— Ah — fez Saro, amarelando.

— Não se apavore, está tudo dentro da lei e sob meu controle. Mas é melhor tomar todas as precauções, eu não quero que Rizzo faça como certos cornos que depois mudam de ideia, como quem se esqueceu. Dez milhões são sempre dez milhões.

Giallombardo avisou ao comissário que o *brigadiere* tinha ido buscar a chave da fábrica velha, mas iria demorar pelo menos duas horas para voltar: e que o curador, que não andava bem de saúde, estava hospedado com um filho em Montedoro. O agente também informou que o juiz Lo Bianco havia telefonado à procura de Montalbano, queria que este ligasse de volta até às dez.

— Ah, comissário, ainda bem, estou de saída, estou indo à catedral para as exéquias. Sei que vou ser massacrado, literalmente massacrado, por respeitáveis personagens que me farão todos a mesma pergunta. O senhor sabe qual é?

— Por que o caso Luparello ainda não foi encerrado?

— Adivinhou, comissário, e isto não é brincadeira. Eu não gostaria de usar termos fortes, não queria nem um pouco ser mal interpretado... mas, enfim, se o senhor tiver algo de concreto nas mãos, prossiga; se não tiver, encerre. Além disso, permita-me, eu não consigo entender: o que é que o senhor quer descobrir? O engenheiro morreu de morte natural. E o senhor se obstina, como suponho haver entendido, só porque o engenheiro foi morrer no curral. Satisfaça-me uma curiosidade: se Luparello tivesse sido achado à beira de uma estrada, o senhor teria algo a objetar? Responda.

– Não.

– Então, aonde o senhor quer chegar? O caso tem de ser encerrado até amanhã. Compreendeu?

– Não se aborreça, senhor juiz.

– Eu me aborreço, sim, mas comigo mesmo. O senhor está me fazendo usar esta palavra, caso, que realmente não seria o caso de usar. Até amanhã, compreendeu?

– Podemos ir até sábado, inclusive?

– Mas o que é isso, agora estamos no mercado, pechinchando? Está bem. Mas, se o senhor ultrapassar esse prazo em uma hora que seja, eu irei expor sua situação pessoal aos seus superiores.

Zito cumpriu a palavra: a secretária de redação da Retelibera entregou a Montalbano o fax de Palermo, que ele leu enquanto se dirigia ao curral:

> Giacomo júnior é o clássico exemplo de filhinho do papai, igualzinho ao figurino, sem o menor voo de fantasia. O pai é notoriamente um cavalheiro, exceção feita a um pecadilho do qual falarei adiante, o oposto do finado Luparello. Giacomino vive com a segunda mulher, Ingrid Sjöström, cujas qualidades eu já descrevi para você de viva voz, no primeiro

andar do palacete paterno. Passemos à lista dos méritos do rapaz, pelo menos aqueles de que eu me lembro. Ignorante como um vegetal, jamais quis estudar nem dedicar-se a outra atividade que não a precoce análise de órgãos genitais, mas mesmo assim sempre foi aprovado com louvor por intervenção do Pai Eterno (ou do pai, mais simplesmente). Nunca frequentou a universidade, ainda que tenha se inscrito para medicina (tanto melhor para a saúde pública). Aos dezesseis anos, dirigindo sem carteira o potente carro do pai, atropelou e matou um menino de oito. Giacomino praticamente não indeniza a família do garoto, quem indeniza é o pai, e bem generosamente. Na idade adulta, constitui uma sociedade que se ocupa de prestação de serviços. A sociedade vai à falência dois anos depois, Cardamone não perde uma lira sequer, seu sócio quase se mata e um oficial da polícia fiscal que deseja esclarecer as coisas se vê repentinamente transferido para Bolzano. Atualmente, trabalha com produtos farmacêuticos (imagina só! Tem o pai pra servir de intermediário), gasta exageradamente numa medida largamente superior aos prováveis ganhos.
Apaixonado por carros de corrida e cavalos, fundou (em Montelusa!) um clube de polo onde jamais se assistiu a uma partida desse nobre esporte, mas em compensação cheira-se que é uma maravilha.

    Se eu tivesse de expressar minha sincera opinião sobre nosso personagem, diria que se trata de um esplêndido exemplar de escroto, daqueles que florescem onde quer que exista um pai poderoso e rico. Com a idade de 22 anos, contraiu matrimônio (não é assim que se diz?) com Albamarina (para os amigos, Baba) Collatino, da alta burguesia comerciante de Palermo. Dois anos depois, Baba apresenta pedido de anulação do vínculo ao Tribunal Pontifício, justificando-o com a manifesta *impotentia generandi* do cônjuge. Ah, eu tinha esquecido: aos dezoito anos, ou seja, quatro anos antes do casamento, Giacomino havia engravidado a filha de uma das empregadas, e o desagradável incidente fora, como sempre, abafado pelo Onipotente. Portanto, as hipóteses eram duas: ou mentia Baba ou mentira a filha da empregada. Pelo irrecorrível parecer dos altos prelados romanos, mentira a empregada (pensou que não?), Giacomo não estava em condições de procriar (pelo que deveríamos ser gratos ao Altíssimo). Obtida a anulação, Baba fica noiva de um primo com o qual já tivera um relacionamento, enquanto Giacomo se dirige aos enevoados países do norte a fim de esquecer.

Na Suécia, acontece-lhe de assistir a uma espécie de autocross massacrante, um percurso entre lagos, despenhadeiros e montanhas: a vencedora é um varapau louro, mecânica de profissão, e que atende pelo nome de Ingrid Sjöström. O que dizer, meu querido, para evitar a telenovela? Paixão fulminante e casamento. Estão juntos há cinco anos, de vez em quando Ingrid volta à sua pátria e dá suas corridinhas automobilísticas. Corneia o marido com simplicidade e desenvoltura suecas. Um dia desses, cinco cavalheiros (por assim dizer) faziam um joguinho de sociedade no clube de polo. Entre outros desafios, surgiu este: quem não comeu Ingrid se levante. Os cinco permaneceram sentados. Todos riram muito, principalmente Giacomo, que estava presente, mas sem participar do jogo. Corre o boato, absolutamente não confirmável, de que também o austero professor Cardamone pai também já molhou o biscoito com a nora. E esse seria o pecadilho que mencionei no início. Não me ocorre mais nada. Espero ter sido mexeriqueiro como você queria. Boa sorte.

NICOLA

Montalbano chegou ao curral por volta das quatorze horas, não se via vivalma. No muro da fábrica, o portãozinho de ferro tinha a fechadura incrustada de sal e ferrugem. Ele previra isso, tanto que tinha levado o óleo em spray com o qual lubrificava as armas. Voltou ao carro, esperando que o óleo fizesse efeito, e ligou o rádio.

A cerimônia fúnebre, contava o locutor da estação local, tinha atingido picos de altíssima emoção, a ponto de a viúva sentir-se desfalecer em certo momento, e tinham precisado carregá-la nos braços para fora. Haviam discursado, pela ordem, o bispo, o vice-secretário nacional do partido, o secretário regional e o ministro Pellicano, este a título pessoal, dado que sempre havia sido amigo do defunto. No adro da catedral, uma multidão de pelo menos duas mil pessoas esperava a saída do féretro, para explodir em um caloroso e comovido aplauso.

"Caloroso, tudo bem, mas como é que um aplauso se comove?", perguntou-se Montalbano. Desligou o rádio e foi experimentar a chave. Esta girava, mas o portão parecia ancorado no chão. O comissário empurrou-o com o ombro e finalmente conseguiu abrir uma fresta pela qual passou com dificuldade: o espaço estava obstruído por entulho, pedaços de vergalhão e areia, evidentemente o curador não dava as caras por ali há anos. Deu-se conta de que os muros perimetrais eram dois: o de isolamento externo, com o portãozinho, e um outro, semidestruído, que havia circundado a fábrica quando ela funcionava. Para além dos trechos desmoronados desse segundo muro, viam-se máquinas enferrujadas, enormes tubos, uns retos e outros espiralados, gigantescos alambiques, plataformas de ferro com largas falhas, estruturas suspensas em equilíbrios absurdos, torrezinhas de aço que despontavam em ilógicas inclinações. E, por toda parte, peças de pavimento desconexas, tetos esburacados, largos espaços antes cobertos por vigas de ferro agora quebradas, prestes a cair de onde já não havia nada, salvo uma laje de cimento arruinada, de cujas fendas brotavam tufos de mato ressequido. Parado no corredor que os dois muros formavam, Montalbano ficou olhando, encantado: se já gostava da fábrica observando-a de fora, de dentro sentia-se extasiado, e lamentou não ter levado uma máquina fotográfica. Distraiu-o a percepção de um ruído baixo e contínuo, uma espécie de vibração sonora que parecia nascer justamente do interior da fábrica.

"O que será que está funcionando aqui dentro?", perguntou-se ele, desconfiado.

Por via das dúvidas, achou melhor sair, ir até o carro, abrir o porta-luvas e armar-se. Quase nunca andava com a pistola, incomodava-o o peso daquele troço e lhe deformava calças e paletós. Voltou à fábrica. O som continuava e, cautelosamente, ele começou a dirigir-se para o lado oposto àquele por onde havia entrado. O desenho que Saro havia feito era extremamente preciso e servia-lhe de guia. O som era como o zumbido que os fios de alta tensão sujeitos à umidade costumam emitir, só que este era mais variado e musical, e às vezes se interrompia, para recomeçar pouco depois com outra modulação. Montalbano vinha andando, tenso, atento a não tropeçar nas pedras e nos destroços que pavimentavam o estreito corredor entre os dois muros, quando viu com o rabo do olho, através de um vão, um homem que se movia paralelo a ele, dentro da fábrica. Recuou de repente, certo de que o outro já o percebera. Não havia tempo a perder, seguramente o homem tinha cúmplices. O comissário empunhou a arma e avançou, gritando:

– Mãos ao alto! Polícia!

Numa fração de segundos, compreendeu que o outro, meio dobrado para a frente, de pistola em punho, estava de fato esperando aquela sua manobra. Montalbano atirou, jogando-se simultaneamente no chão, e, antes de tocar o solo, já fizera outros dois disparos. Mas, em vez de ouvir o que seria de esperar, um tiro em resposta, um gemido, um tropel de passos em fuga, escutou a fragorosa explosão e depois o tilintar de uma vidraça que se despedaçava. Na mesma hora entendeu, e foi tomado por uma gargalhada tão violenta que não conseguiu levantar-se logo. Tinha atirado em si mesmo, na imagem que uma grande vidraça remanescente, embaçada e suja, a ele devolvera.

"Isso eu não posso contar pra ninguém", pensou, "iam pedir minha demissão e me expulsariam da polícia a pontapés no rabo."

A arma que ele segurava pareceu-lhe de repente ridícula, e então guardou-a na cintura. Os tiros, o eco prolongado, o estouro e o esfacelamento da vidraça haviam coberto inteiramente o som que agora recomeçava, mais variado. Então Montalbano compreendeu. Era o vento, que todos os dias, provavelmente no verão, fustigava aquele trecho da praia, e que à noite amainava, quase como se não quisesse atrapalhar os negócios de Gegè. O vento, metendo-se pelas estruturas metálicas, por entre os fios ora frouxos, ora ainda bem esticados, pelas chaminés cheias de buracos, como os furos de um pífaro, entoava uma cantilena dentro da fábrica morta, e o comissário parou à escuta, maravilhado.

Levou quase meia hora para alcançar o ponto que Saro havia assinalado. Em certos trechos, teve de escalar montes de detritos. Enfim percebeu que estava exatamente à altura do lugar onde Saro havia achado o colar, mas do lado de cá do muro. Olhou ao redor, com calma. Jornais e pedaços de papel amarelecidos pelo sol, capim, garrafinhas de Coca-Cola (as latinhas eram leves demais para ultrapassar a altura do muro), garrafas de vinho, um carrinho de mão sem fundo, alguns pneus, pedaços de ferro, um objeto indefinível, uma trave podre. E, ao lado da trave, uma bolsa de couro tipo saco, elegante, novíssima, de grife. Destoava, incongruente, da destruição que a circundava. Montalbano abriu-a. Dentro havia duas pedras bem grandinhas, evidentemente usadas como lastro para que a bolsa executasse a parábola certa do lado de fora para o de dentro, e mais nada. Examinou melhor a bolsa. As iniciais da proprietária, em metal, haviam sido arrancadas, mas o couro ainda conservava a marca. Um *I* e um *S*: Ingrid Sjöström.

"Estão me servindo a moça em baixela de prata", pensou Montalbano.

## 10

A ideia de aceitar o prato gentilmente oferecido, com tudo o que podia haver dentro, veio-lhe à cabeça enquanto ele se deleitava em comer uma generosa porção de pimentões grelhados que Adelina tinha deixado na geladeira. Procurou no catálogo o número de Giacomo Cardamone: era uma boa hora para encontrar a sueca em casa.

– Guem vozê valando?

– Aqui é Giovanni, Ingrid está?

– Beraí, eu olha, vozê esbera.

O comissário tentou decifrar de que parte do mundo teria despencado na família Cardamone aquela empregada, mas não conseguiu.

– Oi, piroquinha, como vai você?

A voz era baixa e rouca, como convinha à descrição que Zito havia feito, mas as palavras não provocaram nenhum efeito erótico em Montalbano; pelo contrário, até o inquietaram. Entre todos os nomes do universo, ele tinha ido escolher justamente o de um homem de quem Ingrid conhecia até as medidas anatômicas.

– Ainda está aí? Dormiu em pé? Quantas trepadas você deu esta noite, malandrão?

– Escute, minha senhora...

A reação de Ingrid foi imediata: uma constatação sem espanto ou indignação.

– Você não é Giovanni.

– Não.

– Então, quem é?

– Eu sou um comissário de Segurança Pública, meu nome é Montalbano.

Ele esperava uma pergunta alarmada, mas logo se desiludiu.

– Uh, que bonito! Um policial! E o que você quer comigo?

Ingrid manteve o *você*, mesmo ao saber que estava falando com uma pessoa que ela não conhecia. Montalbano decidiu continuar com um tratamento de cortesia.

– Gostaria de trocar umas palavrinhas com a senhora.

– Hoje à tarde eu não posso, mas à noite estou livre.

– Certo, para mim está ótimo.

– Onde? Eu vou ao seu gabinete? Me diga onde fica.

– É melhor não, prefiro um lugar mais discreto.

Ingrid fez uma pausa.

– Seu quarto? – A voz da moça tinha agora um tom irritado; evidentemente, ela começava a imaginar que, do outro lado do fio, estava um imbecil tentando uma aproximação.

– Escute, eu entendo que a senhora esteja desconfiada, e com razão. Façamos o seguinte: daqui a uma hora, estarei no comissariado de Vigàta, a senhora pode ligar para lá e me chamar. Tudo bem?

A moça não respondeu logo, devia estar pensando um pouco. Depois, decidiu-se:

– Eu acredito em você, policial. Onde e a que horas?

Combinaram o lugar, o bar de Marinella, que, à hora marcada, 22h, certamente estaria deserto. Montalbano recomendou que ela não dissesse nada a ninguém, nem mesmo ao marido.

Para quem vinha do lado do mar, o palacete dos Luparello surgia à entrada de Montelusa. Era uma construção oitocentista, maciça, protegida por um muro alto, no meio do qual havia um portão de ferro batido, agora escancarado. Montalbano percorreu o caminho arborizado que cortava um trecho do parque e chegou à porta de entrada, semicerrada, uma grande franja negra pregada a um dos batentes. Esticou-se um pouquinho para ver lá dentro: no átrio, bem amplo, havia umas vinte pessoas, homens e mulheres, com expressões sérias, falando em voz baixa. Não lhe pareceu oportuno passar por aquela gente, alguém poderia reconhecê-lo e querer saber o motivo de sua presença. Começou a contornar a casa e, finalmente, achou uma entrada de fundos, fechada. Tocou a campainha, mas precisou repetir o gesto várias vezes até que viessem abrir.

– O senhor se enganou. Visitas de pêsames, na porta principal – disse a empregada baixinha e esperta, avental negro e touquinha em crista, que logo o classificou como não pertencente à categoria dos fornecedores.

– Sou o comissário Montalbano. Poderia avisar a alguém da família que eu cheguei?

— Estão esperando o senhor, comissário.

A jovem conduziu-o por um corredor comprido, abriu uma porta e acenou para que ele entrasse. Montalbano viu-se numa grande biblioteca com milhares de livros muito bem-conservados, alinhados em estantes enormes. Uma vasta escrivaninha num dos ângulos, no outro um cantinho de refinada elegância, com uma mesinha e duas poltronas. Nas paredes, apenas cinco quadros, e Montalbano reconheceu os autores à primeira olhadela, emocionando-se. Um camponês de Guttuso dos anos 1940, uma paisagem do Lácio por Melli, uma demolição de Mafai, dois remadores no Tibre, de Donghi, uma banhista de Fausto Pirandello. Gosto primoroso, escolha de rara competência. A porta se abriu e apareceu um homem de aproximadamente trinta anos, elegante, com uma gravata preta e uma expressão acolhedora.

— Fui eu quem lhe telefonou. Obrigado por ter vindo, realmente minha mãe queria muito falar com o senhor. Desculpe o transtorno que lhe causei — disse ele, sem qualquer inflexão dialetal.

— Por favor, não foi transtorno nenhum. Só que eu não vejo de que maneira poderia ser útil à senhora sua mãe.

— Isso eu já disse, porém ela insistiu. E não quis me adiantar nada a respeito dos motivos pelos quais pediu que o incomodássemos.

O homem examinou as pontas dos dedos da mão direita, como se as visse pela primeira vez, e pigarreou discretamente.

— Seja compreensivo, comissário.

— Não entendi.

— Seja compreensivo com a minha mãe, ela sofreu muito.

Já quase saindo, deteve-se de repente.

– Ah, comissário, quero informar-lhe uma coisa, para que o senhor não se veja numa posição embaraçosa. Minha mãe sabe como e onde meu pai morreu. Como conseguiu saber, não faço ideia. Já estava a par da situação duas horas depois da descoberta do corpo. Com licença.

Montalbano sentiu-se aliviado: se a viúva sabia de tudo, ele não seria obrigado a contar-lhe mentiras complicadas para esconder dela a indecência da morte do marido. Voltou a admirar os quadros. Em casa, em Vigàta, tinha somente desenhos e gravuras de Carmassi, Attardi, Guida, Cordio e Ângelo Canevari: controlando o apertado salário, permitira esses presentes a si mesmo, mas não podia ir além deles, jamais conseguiria adquirir uma tela daquele nível.

– O senhor gosta?

O comissário voltou-se de repente. Não a tinha ouvido entrar: era uma mulher não muito alta, com mais de cinquenta anos, ar decidido, e as rugas miúdas que lhe marcavam a face não conseguiam destruir a beleza dos traços, mas antes ressaltavam o esplendor dos olhos verdes, agudíssimos.

– Sente-se – convidou ela, indo instalar-se no sofá, enquanto o comissário se acomodava numa poltrona. – Bonitos quadros. Eu não entendo de pintura mas gosto deles, temos uns trinta espalhados pela casa. Quem comprou foi meu marido, a pintura era seu vício secreto, como ele gostava de dizer. Infelizmente, não era o único.

"Começamos bem", pensou Montalbano, e perguntou:

– A senhora se sente melhor?

– Melhor em relação a quê?

O comissário embatucou, teve a sensação de estar diante de uma professora que o submetia a uma arguição difícil.

— Bem, não sei, em relação a hoje de manhã... Ouvi que a senhora se sentiu mal na catedral.

— Mal? Eu estava bem, considerando a situação. Não, meu caro, eu fingi um desmaio, sou esperta. O fato é que me veio à cabeça um pensamento: se um terrorista explodisse a igreja com todos nós lá dentro, pelo menos um décimo da hipocrisia espalhada pelo mundo iria pelos ares junto conosco. E aí dei um jeito de ser levada para fora.

Impressionado com a sinceridade da mulher, Montalbano não soube o que dizer e esperou que ela recomeçasse a falar.

— Quando uma pessoa me explicou onde meu marido havia sido achado, telefonei ao chefe de polícia e perguntei quem estava cuidando das investigações, e se havia investigações em curso. Ele me deu o seu nome, acrescentando que o senhor é um homem de bem. Quase não acreditei, ainda existem pessoas de bem? Foi por isso que mandei meu filho lhe telefonar.

— Só posso agradecer, minha senhora.

— Não estamos aqui para trocar cumprimentos. Não quero fazê-lo perder tempo. O senhor tem mesmo certeza de que não se trata de homicídio?

— Absoluta.

— Então, quais são as suas perplexidades?

— Perplexidades?

— Ah, sim, meu caro, o senhor deve tê-las. Só assim se justifica sua relutância em encerrar as investigações.

– Vou ser franco, minha senhora. São apenas impressões, impressões que eu não deveria e não poderia me permitir, no sentido de que, tratando-se de morte natural, meu dever seria outro. Se a senhora não tiver nada de novo para me relatar, hoje mesmo eu comunico ao magistrado...

– Mas eu tenho algo de novo, sim.

Montalbano emudeceu.

– Não sei quais são as suas impressões – continuou a viúva –, então eu lhe digo as minhas. Silvio era, sem dúvida, um homem sagaz e ambicioso. Se ficou na sombra por tantos anos, foi por uma intenção bem precisa: vir à luz na hora certa e aí permanecer. Pois bem: o senhor consegue acreditar que este homem, depois de tanto tempo empregado em manobras pacientes para chegar aonde chegou, uma bela noite decide ir, com uma mulher de vida suspeita, a um lugar equívoco, onde alguém pode reconhecê-lo e depois até chantageá-lo com isso?

– Este é um dos pontos que, mais que os outros, me deixaram perplexo, minha senhora.

– Quer ficar mais perplexo ainda? Eu disse mulher de vida suspeita, e esclareço que não me referia nem a uma prostituta nem a uma mulher qualquer, dessas pagas. Não consigo me explicar bem. Vou lhe contar uma coisa: assim que nos casamos, Silvio me confidenciou que jamais havia andado com uma prostituta, sequer tinha ido a uma casa de tolerância, quando estas ainda funcionavam. Algo o bloqueava. Então, é o caso de nos perguntarmos de que tipo era a mulher que, ainda por cima, conseguiu convencê-lo a ter relações naquele lugar horrível.

Montalbano também nunca estivera com uma prostituta, e desejou que novas revelações sobre Luparello não mostrassem outros pontos de contato entre ele e um homem com quem não teria gostado de repartir o pão.

— Veja o senhor, meu marido se concedeu de bom grado os seus vícios, mas nunca sentiu tentações de aniquilamento, de êxtase voltado para a baixeza, como dizia um escritor francês. Consumava os amores dele discretamente, numa casinha que mandou construir, não em seu próprio nome, bem na beira do cabo Massaria. Eu soube pela amiga caridosa de sempre.

Ela se levantou, foi até a escrivaninha, abriu uma gaveta e voltou a sentar-se, trazendo um envelope pardo, uma argola de metal com duas chaves e uma lente de aumento. Estendeu as chaves ao comissário.

— A propósito, em relação a chaves ele era um maníaco. Tinha duas cópias de todas, guardava uma naquela gaveta e levava sempre consigo a outra. Pois bem, esta última série de chaves não foi encontrada.

— Não estavam no bolso dele?

— Não. E também não estavam no escritório de engenharia. Tampouco foram achadas no outro, o escritório, como direi, político. Desapareceram, evaporaram-se.

— Ele pode tê-las perdido na rua. Não podemos afirmar que tenham sido furtadas.

— Não, ele não pode tê-las perdido. Veja bem, meu marido tinha seis conjuntos de chaves. Um para esta casa, um para a casa de campo, um para a casa de praia, um para o escritório político, um para o de engenharia, um para a casinha. Guardava todos no porta-luvas do carro. De vez em quando, pegava o chaveiro de que precisava.

– E não foram achadas no carro?

– Não. Mandei trocar o segredo de todas as fechaduras, excetuando a da casinha, cuja existência eu ignoro oficialmente. Se o senhor quiser, dê um pulinho lá. Certamente encontrará algum vestígio revelador a respeito dos amores dele.

Ela dissera duas vezes "os amores dele", e Montalbano quis consolá-la de alguma forma.

– Além de os amores do engenheiro não terem a ver com a minha investigação, eu levantei informações e lhe digo, com toda a sinceridade, que recebi respostas genéricas, válidas para qualquer pessoa.

A senhora olhou-o com um sorriso apenas esboçado.

– Nunca o acusei de nada, sabia? Praticamente dois anos depois do nascimento do nosso filho, meu marido e eu deixamos de ser um casal. E, assim, pude observá-lo, quieta, pacatamente, durante trinta anos, sem que o meu olhar fosse ofuscado pela perturbação dos sentidos. Queira desculpar, mas o senhor não entendeu: ao falar dos amores dele, eu não estava especificando o sexo.

Montalbano recuou na poltrona, afundando-se um pouco mais. Sentiu-se como se tivesse levado uma paulada na cabeça.

– Mas – prosseguiu ela –, voltando ao assunto que mais me interessa, eu estou convencida de que se trata de um ato criminoso. Deixe-me terminar, não um homicídio, uma eliminação física, mas um crime político. Foi uma violência extrema, essa que o levou à morte.

— Explique-se melhor, minha senhora.

— Tenho certeza de que meu marido foi constrangido à força, ou obrigado por chantagem, a ir até o lugar onde foi encontrado, aquele lugar infame. Eles tinham um plano, mas não tiveram tempo de executá-lo por inteiro, porque o coração dele não resistiu à tensão ou, por que não?, ao medo. Ele era muito doente, sabe? Tinha feito uma operação difícil.

— Mas como teria sido obrigado?

— Não sei. Talvez o senhor possa me ajudar. Provavelmente, foi atraído a uma cilada e não pôde resistir. Naquele lugar infame, seria fotografado, tornado reconhecível, sei lá. Daí em diante, eles teriam meu marido nas mãos, como uma marionete.

— Eles, quem?

— Os adversários políticos, ou algum sócio nos negócios.

— Veja bem, minha senhora, seu raciocínio, ou melhor, sua suposição, tem um defeito grave: não pode ser confirmada por provas.

A mulher abriu o envelope pardo que estivera segurando e dali tirou algumas fotos. Eram as que a perícia fizera do cadáver, no curral.

— Oh, Cristo — murmurou Montalbano, sentindo um calafrio. A mulher, contudo, olhava-o sem mostrar perturbação.

— Como foi que a senhora as conseguiu?

— Tenho bons amigos. O senhor já havia visto?

— Não.

— Pois fez mal. — Ela escolheu uma foto e estendeu-a a Montalbano, junto com a lente de aumento. — Observe bem esta aqui. A calça está abaixada e dá para perceber o branco da cueca.

Montalbano estava encharcado de suor, o constrangimento que sentia irritava-o, mas ele nada podia fazer.

– Não vejo nada de estranho.
– Ah, não? E a marca da cueca?
– Sim, estou vendo. E daí?
– Não deveria ver. Esse tipo de cueca vem com a marca do fabricante na parte de trás e do lado de dentro, o senhor pode vir ao quarto do meu marido e eu lhe mostro outras. Se o senhor a está vendo como está, isso significa que a cueca foi vestida pelo avesso. E não venha me dizer que, de manhã, Silvio a botou assim, sem perceber. Ele tomava um diurético e era obrigado a ir ao banheiro várias vezes por dia, a qualquer hora poderia ter vestido a cueca direito. E isso só pode significar uma coisa.

– O quê? – perguntou o comissário, abalado por aquele lúcido e impiedoso exame, feito sem uma lágrima, como se o morto fosse alguém vagamente conhecido.

– Que ele estava nu quando o surpreenderam e o obrigaram a se vestir às pressas. E nu ele só podia ter ficado na casinha do cabo Massaria. Foi por isso que eu dei as chaves ao senhor. Repito: é um ato criminoso, bem-sucedido em parte, contra a imagem do meu marido. Queriam fazer dele um porco, para jogá-lo na lama a qualquer momento. Se ele não tivesse morrido, para eles seria melhor: com a sua cobertura obrigatória, poderiam fazer o que quisessem. Mas, em parte, o plano funcionou: todos os homens do meu marido foram excluídos do novo diretório. Somente Rizzo se salvou, ou melhor, até saiu ganhando.

— Como assim?

— Isso cabe ao senhor descobrir, se quiser. Ou então pode se deter na forma que deram à água.

— Desculpe, mas não entendi.

— Eu não sou siciliana, nasci em Grosseto, só vim para Montelusa quando o meu pai foi eleito governador da província. Tínhamos um pedacinho de terra e uma casa nas encostas do Amiata, passávamos as férias lá. Eu tinha um amiguinho, filho de camponeses, mais novo do que eu, eu devia ter uns dez anos. Um dia, vi que o meu amigo havia arrumado na beira de um poço uma tigela, uma xícara, uma chaleira, uma lata quadrada, todas cheias d'água, e observava-as atentamente. "O que você está fazendo?", perguntei. E ele, por sua vez, me fez uma pergunta: "Qual a forma da água?". "Mas a água não tem forma!", respondi, rindo. "Ela toma a forma que lhe derem."

Nesse momento, a porta da biblioteca se abriu e um anjo apareceu.

## 11

O anjo – na hora, Montalbano não soube defini-lo de outro modo – era um jovem de uns vinte anos, alto, louro, bronzeadíssimo, com corpo perfeito e aura de efebo. Um raio de sol alcoviteiro apressara-se em inundá-lo de luz na soleira da porta, evidenciando-lhe os traços apolíneos do rosto.

– Posso entrar, tia?
– Entre, Giorgio, entre.

Enquanto o jovem se movia em direção ao sofá, sem peso, como se seus pés não tocassem o chão, mas deslizassem sobre o piso, percorrendo um caminho tortuoso, quase em espiral, aflorando os objetos que lhe estavam ao alcance da mão, ou melhor, mais que aflorando, acariciando-os de leve, Montalbano percebeu a olhadela da senhora, que o intimava a guardar no bolso a fotografia que ele segurava. Obedeceu, e também a viúva repôs rapidamente as outras fotos no envelope, deixando-o ao lado, no sofá. Quando o jovem chegou mais perto, o comissário percebeu que ele tinha os olhos azuis estriados de vermelho, inchados de chorar, marcados por olheiras.

– Como está se sentindo, tia? – perguntou o rapaz, numa voz quase cantante, ajoelhando-se com elegância junto da senhora e pousando a cabeça no colo dela.

À memória de Montalbano saltou iluminadíssima, como sob a luz de um refletor, uma pintura que ele vira certa vez, não se lembrava de onde: o retrato de uma dama inglesa, com um galgo na mesma posição em que o jovem se encontrava naquele instante.

– Este é Giorgio – apresentou ela. – Giorgio Zícari, filho da minha irmã Elisa, esposa de Ernesto Zícari, o criminalista, que o senhor talvez o conheça.

Enquanto falava, a senhora acariciava os cabelos do rapaz. Giorgio não deu mostras de haver entendido aquelas palavras: totalmente absorto em sua dor devastadora, sequer se voltou para o comissário. De resto, ela se resguardara de dizer ao sobrinho quem era Montalbano e o que ele fazia ali.

– Conseguiu dormir esta noite?

Como única resposta, Giorgio sacudiu negativamente a cabeça.

– Então, faça o seguinte. Você viu que o dr. Capuano está aí? Fale com ele, peça a receita de um sonífero bem forte e meta-se na cama.

Sem abrir a boca, Giorgio levantou-se fluidamente, levitou sobre o pavimento, com seu singular movimento em espiral, e desapareceu pela porta.

– Queira desculpá-lo – disse a senhora. – Giorgio é sem dúvida a pessoa que mais sofreu e está sofrendo com o falecimento do meu marido. Eu quis que o meu filho estudasse e conseguisse uma posição independentemente do pai, longe da Sicília. Talvez o senhor possa intuir as razões disso. Em consequência, no lugar de Stefano, meu marido transferiu todo o seu afeto para o sobrinho, e foi retribuído até a idolatria. Giorgio chegou ao ponto de vir morar conosco, para grande desprazer da minha irmã e do meu cunhado, que se sentiram abandonados.

Ela se levantou, e Montalbano fez o mesmo.

– Comissário, eu lhe contei tudo o que achava que lhe devia contar. Sei que estou em mãos honestas. Se o senhor julgar oportuno, pode me procurar, a qualquer hora do dia ou da noite. Não se preocupe em me poupar, eu sou o que se chama de uma mulher forte. De qualquer maneira, conduza-se segundo sua consciência.

– Uma pergunta que me incomoda há algum tempo, minha senhora. Por que não se preocupou em avisar que seu marido não tinha voltado... explicando melhor: por que não era preocupante o fato de seu marido não ter voltado para casa naquela noite? Isso tinha acontecido outras vezes?

– Sim, tinha acontecido. Mas, ouça, no domingo à tardinha ele me telefonou.

– De onde?

– Não sei dizer. Disse que ia chegar muito tarde. Tinha uma reunião importante, talvez até fosse obrigado a passar a noite fora.

Ela estendeu-lhe a mão, e o comissário, sem saber por quê, apertou aquela mão entre as dele e beijou-a.

Assim que saiu, sempre pelos fundos do palacete, descobriu Giorgio a poucos passos dali, sentado num banquinho de pedra, dobrado em dois e sacudido por convulsões.

Montalbano aproximou-se, preocupado, e viu as mãos do jovem se abrirem, deixando cair o envelope pardo e as fotos, que se espalharam pelo chão. Evidentemente, movido por uma curiosidade felina, Giorgio as havia apanhado enquanto se encolhia aos pés da tia.

– Está se sentindo mal?

– Assim, não. Ah, meu Deus, desse jeito, não!

Giorgio falava com voz empastada, os olhos vidrados, sequer tinha notado a presença do comissário. Dali a segundos, enrijeceu-se e caiu para trás, pois o banquinho não tinha encosto. Montalbano ajoelhou-se junto dele e tentou imobilizar aquele corpo sacudido por espasmos, com uma baba branca formando-se nos cantos da boca.

Stefano Luparello apareceu à porta, olhou ao redor, viu a cena e precipitou-se.

– Estava procurando o senhor para me despedir. O que aconteceu?

– Um ataque epiléptico, acho.

Os dois procuraram evitar que, no auge da crise, Giorgio mordesse a língua ou batesse violentamente a cabeça. Depois o jovem se acalmou, estremecendo sem violência.

– Me ajude a levá-lo para dentro – disse Stefano.

A empregada, a mesma que tinha aberto a porta para o comissário, acorreu assim que o engenheiro chamou.

– Não quero que a minha mãe o veja neste estado.

– Meu quarto – disse a moça.

Com dificuldade, caminharam por um corredor diferente daquele que o comissário havia percorrido antes. Montalbano segurava Giorgio pelas axilas e Stefano, pelos pés. Chegados à ala dos empregados, a empregada abriu uma porta. Arquejantes, os dois deitaram o rapaz na cama. Giorgio parecia mergulhado num sono de chumbo.

– Me ajudem a tirar a roupa dele – disse Stefano.

Somente quando o jovem ficou de sunga e camiseta, Montalbano notou que, da base do delicado pescoço até embaixo do queixo, a pele estava branquíssima, diáfana, contrastando agudamente com o rosto e o tronco, queimados de sol.

– O senhor sabe por que ele não está bronzeado aqui? – perguntou ao engenheiro.

– Não – disse este. – Eu só voltei a Montelusa na segunda-feira à tarde, depois de meses de ausência.

– Eu sei – interveio a empregada. – O patrãozinho machucou-se num acidente de carro. Tirou o colar ortopédico não faz nem uma semana.

– Quando ele se recuperar e estiver em condições de entender – disse Montalbano a Stefano –, peça-lhe que amanhã, por volta das dez horas, dê um pulo no meu gabinete, em Vigàta.

O comissário voltou ao banquinho, recolheu do chão o envelope e as fotos, que Stefano não tinha percebido, e guardou-os.

Da curva Sanfilippo, o cabo Massaria distava uns cem metros, mas o comissário não conseguiu ver a casinha, que devia surgir justamente na ponta, pelo menos segundo havia explicado a sra. Luparello. Ele voltou a ligar o carro, prosseguindo muito lentamente. Ao chegar bem à altura do cabo, notou, entre as árvores compactas e baixas, uma estradinha que partia da rodovia provincial. Entrou por ali e, pouco depois, viu a trilha fechada por uma cancela, única abertura em um comprido muro, que isolava por completo a parte do cabo que se projetava sobre o mar. As chaves encaixaram. Montalbano deixou o carro do lado de fora da cancela e meteu-se por um caminho de jardim, feito de blocos de tufo parcialmente enterrados. Por fim, desceu uma escadinha, também de tufo, que desembocava numa espécie de patamar para o qual se abria a porta da casa, invisível da estrada porque construída em um nicho, como certos refúgios de montanha encastoados na rocha.

Descobriu-se num vasto salão voltado para o mar, ou melhor, suspenso sobre o mar, e a impressão de encontrar-se no convés de um navio era reforçada por uma vidraça que ocupava a parede inteira. Tudo estava na mais perfeita ordem. Havia uma mesa de refeições com quatro cadeiras num canto, um sofá e duas poltronas virados para a vidraça, um aparador oitocentista cheio de copos, pratos, garrafas de vinho e de licor, um aparelho de tevê com videocassete. Arrumadas numa mesa baixinha, algumas fitas pornô, outras não. Três portas abriam-se para o salão. A primeira dava para uma pequena cozinha limpíssima, com os armários cheios de mantimentos, ao passo que a geladeira estava quase vazia, exceto por algumas garrafas de champanhe e de vodca. O banheiro, razoavelmente espaçoso, cheirava a desinfetante. Na bancada sob o espelho, um barbeador elétrico, Lysoform, um frasco de água de colônia. No quarto, onde uma larga janela dava também para o mar, uma cama de casal com lençóis limpos, duas mesinhas, uma das quais com um telefone, e um guarda-roupa de três portas. Na parede à cabeceira da cama, um desenho de Emilio Greco, um nu sensualíssimo. Montalbano puxou a gaveta da mesinha sobre a qual estava o telefone: aquele era certamente o lado que o engenheiro costumava ocupar. Três preservativos, uma esferográfica, um bloco de anotações com as folhas em branco. Sobressaltou-se com a pistola, uma 7.65, carregada, bem no fundo da gaveta. A da outra mesinha estava vazia. O comissário abriu a porta esquerda do guarda-roupa: havia dois ternos masculinos. Na prateleira mais alta, uma camisa, três cuecas, lenços, uma camiseta. Examinou as cuecas: a viúva tinha razão, a marca era interna e posterior. Na mais baixa, um par de mocassins e outro de chinelos. Um espelho cobria inteiramente a porta do meio, refletindo a cama. Essa parte dividia-se em três compartimentos. O mais alto e o do meio continham, em certa desordem, chapéus, revistas italianas e estrangeiras unidas pelo denominador comum da pornografia, um vibrador, lençóis e fronhas de reserva. No compartimento inferior, três perucas femininas, uma castanha, uma loura e uma ruiva, todas nos devidos suportes. Talvez fizessem parte dos jogos eróticos do engenheiro. A grande surpresa veio quando ele abriu a porta da direita: dois vestidos de mulher, muito elegantes, pendiam dos cabides. Também havia dois jeans e algumas camisetas. Numa das gavetas, minúsculas tangas, nenhum sutiã. A outra estava vazia. E, enquanto se inclinava para inspecionar melhor aquela gaveta, Montalbano compreendeu o que o surpreendera: não tanto a visão das roupas de mulher, mas o perfume que elas exalavam. Era o mesmo que ele percebera, só que um pouco mais vagamente, na fábrica velha, ao abrir a bolsa que tinha achado lá.

Não havia mais nada para ver, e foi somente por escrúpulo que ele se baixou para examinar embaixo dos móveis. Uma gravata estava enrolada num dos pés posteriores da cama. Montalbano recolheu-a, lembrando-se de que o engenheiro tinha sido encontrado com o colarinho aberto. Puxou do bolso as fotografias e convenceu-se de que, pela cor, aquela gravata combinaria muito bem com o terno que o engenheiro usava ao morrer.

No comissariado, encontrou Germanà e Galluzzo agitadíssimos.

– E o *brigadiere*?
– Fazio foi com os outros para o posto de gasolina, aquele na direção de Marinella. Houve um tiroteio.
– Vou já pra lá. Mandaram alguma coisa pra mim?
– Chegou um pacotinho, da parte do dr. Jacomuzzi.

Montalbano abriu, era o colar. Voltou a embrulhá-lo.

– Germanà, você vem comigo até o posto. Me deixa lá e segue pra Montelusa com o meu carro. No caminho, eu digo o que é pra fazer.

O comissário entrou no gabinete, telefonou para Rizzo e informou que o colar estava a caminho, acrescentando que o advogado devia entregar ao mesmo agente portador o cheque de dez milhões.

Enquanto seguiam para o local do tiroteio, Montalbano explicou a Germanà que ele só deveria entregar o pacote a Rizzo quando já estivesse com o cheque no bolso, e que esse mesmo cheque tinha de ser levado – e aqui, deu o endereço – a Saro Montaperto, a quem o agente deveria recomendar que o descontasse logo que o banco abrisse, às oito horas da manhã do dia seguinte. Não sabia explicar a si mesmo o motivo, e isso o incomodava bastante, mas sentia que o assunto Luparello estava chegando rapidamente a uma conclusão.

– Depois eu volto pra pegar o senhor no posto?

– Não, fique no comissariado. Eu volto no carro de serviço.

A viatura da polícia e um veículo particular bloqueavam os acessos ao posto. Assim que desceu, enquanto Germanà pegava a estrada para Montelusa, o comissário foi invadido por um forte cheiro de gasolina.

– Cuidado onde pisa! – gritou-lhe Fazio.

A gasolina tinha formado um pântano, e as exalações provocaram em Montalbano uma sensação de enjoo e uma leve tontura. Parado no posto, havia um carro com placa de Palermo e para-brisa estilhaçado.

– Teve um ferido, o cara que tava ao volante – disse o *brigadiere*. – A ambulância já levou.

– Grave?

– Não, besteira. Mas ele tomou um baita susto.

– O que foi que aconteceu, exatamente?

– Era melhor o senhor mesmo falar com o frentista...

O homem respondeu às perguntas com uma voz tão aguda que causou em Montalbano o mesmo efeito de uma unha arranhando um vidro. A coisa tinha acontecido mais ou menos assim: um carro havia parado, a única pessoa a bordo mandou completar, o frentista enfiou a mangueira na abertura do tanque e ali a deixou em ação, sem interromper o abastecimento, porque nesse ínterim chegou um outro carro, cujo motorista pediu trinta mil de combustível e uma olhadinha no óleo. Enquanto o frentista atendia também ao segundo cliente, alguém de dentro de um veículo, na estrada, disparou uma rajada de metralhadora e acelerou, desaparecendo no tráfego. O homem que estava ao volante do primeiro carro saiu às pressas em perseguição, a mangueira se soltou do tanque e continuou a derramar combustível. O motorista do segundo carro gritava como um louco, tinha sido ferido de raspão num ombro. Passado o primeiro momento de pânico, e percebendo que já não havia perigo, o frentista socorreu o ferido, enquanto a mangueira continuava a espalhar gasolina pelo chão.

– Você viu a cara do homem do primeiro carro, o que saiu perseguindo o da estrada?

– Não, senhor.

– Tem certeza?

– Juro por Deus.

Enquanto isso, tinham chegado os bombeiros, chamados por Fazio.

– Vamos fazer o seguinte – disse Montalbano ao *brigadiere* –, assim que os bombeiros acabarem, você pega o frentista, que não me convenceu nem um pouco, e leva pro comissariado. Dê um aperto nele, esse cara sabe muitíssimo bem quem era o homem que tentaram matar.

– Também acho.

– Quanto você quer apostar que é alguém da turma dos Cuffaro? Este mês eu acho que é a vez deles.

– É o mesmo que deixar me tirar o dinheiro do bolso! – riu o *brigadiere*. – Essa aposta o senhor já ganhou.

– Bom, vou indo.

— Pra onde? Quer que eu leve o senhor na viatura?
— Vou pra casa trocar de roupa. Daqui pra lá, a pé, são uns vinte minutos. Um pouquinho de ar fresco vai me fazer bem.

Montalbano apressou-se; não queria se apresentar a Ingrid Sjöström vestido como um manequim.

# 12

Mal saiu do chuveiro, ainda nu e molhado, plantou-se diante da televisão. As imagens eram as do funeral de Luparello, que acontecera de manhã. O cinegrafista tinha percebido que as únicas pessoas capazes de conferir certa dramaticidade à cerimônia, no geral muito semelhante a tantas outras entediantes manifestações oficiais, eram as que compunham o trio viúva-filho Stefano-sobrinho Giorgio. A senhora, sem dar-se conta, volta e meia manifestava um tique nervoso, virando a cabeça para trás, como se dissesse e repetisse *não*. O apresentador com a voz baixa e pesarosa, interpretava essa negativa como o gesto evidente de uma criatura que se recusava ilogicamente a admitir a concretude da morte, mas, enquanto o cinegrafista fazia um zoom sobre ela, flagrando-lhe o olhar, Montalbano confirmou o que a viúva havia confessado a ele: naqueles olhos só havia desprezo e tédio. Ao lado dela sentava-se o filho, "petrificado pela dor", dizia o locutor, definindo-o como petrificado somente porque o jovem engenheiro mostrava uma compostura que beirava a indiferença. Giorgio, ao contrário, balançava-se como uma árvore ao vento, lívido, segurando um lenço ensopado de lágrimas que ele não parava de torcer.

O telefone tocou e Montalbano atendeu sem tirar o olho da televisão.

– É Germanà, comissário. Tudo resolvido. O advogado Rizzo mandou agradecer, disse que vai achar um jeito de pagar essa dívida ao senhor.

Os credores, pensou Montalbano, de bom grado deixariam pra lá certos modos do advogado pagar suas dívidas.

– Depois fui atrás de Saro e entreguei o cheque. Tive que insistir com ele e a mulher, não se convenciam, achavam que era trote, e depois começaram a beijar minha mão. Disseram que o senhor fez por eles o que o próprio Deus teria feito. O carro eu trouxe pro comissariado. Agora eu faço o quê, levo aí pra sua casa?

O comissário consultou o relógio; faltava pouco mais de uma hora para o encontro com Ingrid.

– Traga, mas sem pressa. Basta chegar aqui umas nove e meia. Depois eu levo você de volta.

Ele não queria perder o momento do desmaio fingido, sentia-se como um espectador a quem um malabarista houvesse revelado seu truque, e a pessoa então se divertia não mais com a surpresa, mas com a habilidade. Quem vacilou foi o cinegrafista, que perdeu justamente esse momento, embora passasse rapidamente de um primeiro plano do ministro a uma panorâmica do grupo dos familiares. Mas Stefano e dois ajudantes já estavam levando a viúva para fora, enquanto Giorgio, sempre vacilante, permanecia em seu lugar.

Em vez de deixar Germanà à porta do comissariado e prosseguir, Montalbano desceu com ele. Fazio, que havia voltado de Montelusa, tinha ido conversar com o ferido, que finalmente se acalmara. Como contou o *brigadiere*, era um representante de eletrodomésticos, milanês, que de três em três meses pegava um avião, desembarcava em Palermo, alugava um carro e fazia o circuito da ilha. Ao parar no posto de gasolina, o homem tinha começado a consultar um papel, para confirmar o endereço da próxima loja a visitar, quando escutou os tiros e sentiu uma dor aguda no ombro. Fazio acreditava no que ele havia contado.

– Esse daí, doutor, quando voltar pra Milão, vai se enturmar com os caras que querem separar a Sicília do norte.

– E o frentista?

– O frentista é outra história. Giallombardo é quem tá interrogando, e o senhor sabe como é Giallombardo, a pessoa fica duas horas com ele, conversa vai, conversa vem, como quem se conhece há cem anos, e depois descobre que contou segredos que não contaria nem ao padre no confessionário.

As luzes estavam apagadas, e a porta de vidro, fechada. Montalbano tinha escolhido justamente o único dia da semana em que o bar de Marinella não abria. Estacionou o carro e esperou. Poucos minutos depois, chegou um conversível de dois lugares, vermelho, baixo e chato como um linguado. Ingrid abriu a porta e desceu. Apesar da pouca luz da rua, o comissário viu que ela era ainda melhor em relação ao que ele imaginava: jeans justinhos desenhando as longas pernas, blusa branca decotada com as mangas arregaçadas, sandálias, cabelos presos em coque: uma verdadeira modelo de capa de revista. Ingrid olhou ao redor, notou as luzes apagadas, dirigiu-se indolente, mas decidida, até o carro do comissário e inclinou-se para falar com ele pela janela aberta.

– Viu como eu tinha razão? Agora a gente vai pra onde, pra sua casa?

– Não – irritou-se Montalbano. – Entre aí.

A moça obedeceu e, de repente, o carro se encheu do perfume que o comissário já conhecia.

– Aonde vamos? – repetiu ela. Agora já não brincava, estava séria: mulher esperta, tinha percebido o nervosismo dele.

– Está com tempo?

– Tanto quanto eu quiser.

– Vamos a um lugar onde a senhora vai se sentir à vontade, porque já esteve lá.

– E o meu carro?

– Depois nós voltamos para buscá-lo.

Saíram e, depois de alguns minutos em silêncio, Ingrid fez a pergunta que deveria ter feito antes.

– Por que você quer falar comigo?

O comissário estava analisando aquela ideia de mandá-la entrar no carro: era uma atitude própria de tira, mas afinal de contas ele era um tira.

– Porque preciso fazer algumas perguntas à senhora.

– Escute, comissário, eu trato todo mundo por você, se você me chama de senhora eu fico encabulada. Como é o seu primeiro nome?

— Salvo. O advogado Rizzo lhe disse que nós achamos o colar?

— Qual?

— Como, qual? Aquele com o coração de diamantes.

— Não, não disse. E também eu não me dou com ele. Deve ter dito ao meu marido.

— Uma curiosidade: você está acostumada a perder e achar suas joias?

— Por quê?

— Como é que eu lhe digo que achamos seu colar, que vale uns cem milhões, e você nem pestaneja?

Ingrid deu uma risadinha discreta.

— O fato é que eu não gosto de joia. Tá vendo aqui?

Mostrou as mãos a Montalbano.

— Não uso sequer anel, nem mesmo aliança de casamento.

— Onde foi que você perdeu o colar?

Ingrid não respondeu logo.

"Está recapitulando a lição", pensou Montalbano.

Depois, ela começou a falar mecanicamente, e o fato de ser estrangeira não a ajudava a mentir.

— Eu tinha curiosidade de conhecer o cural...

— Curral — corrigiu Montalbano.

— ...de tanto ouvir falar. Convenci meu marido a me levar lá. Desci do carro, caminhei só um pouquinho, quase fui agredida e me apavorei, com medo de que o meu marido começasse a brigar. Fomos embora. Em casa, percebi que estava sem o colar.

— E por que você estava com o colar naquela noite, se não gosta de joias? Não me parece uma coisa apropriada de usar para ir ao curral.

Ingrid hesitou.

— Eu estava usando porque, de tarde, tinha me encontrado com uma amiga que queria ver o pingente.

— Escuta — disse Montalbano —, vou lhe avisar uma coisa. Estou falando com você na condição de comissário, mas de forma oficiosa, entendeu?

— Não. O que quer dizer *oficiosa*? Não conheço essa palavra.

— Significa que tudo o que você me disser ficará entre nós. Como é que seu marido foi escolher justamente Rizzo como advogado?

— Não devia?

— Não, pelo menos por uma questão de lógica. Rizzo era o braço direito do engenheiro Luparello, ou seja, o maior adversário político do seu sogro. A propósito, você conhecia Luparello?

— De vista. Rizzo sempre foi advogado de Giacomo. E eu não entendo picas de política.

Ingrid espreguiçou-se, braços arqueados para trás.

— Estou me chateando. Que pena. Pensei que um encontro com um policial fosse mais excitante. Posso saber pra onde estamos indo? Ainda falta muito?

— Estamos chegando — disse Montalbano.

Assim que passaram pela curva Sanfilippo, a moça ficou nervosa, espiou duas ou três vezes o comissário, com o canto do olho, e murmurou:

— Olha que por estas bandas não tem nenhum bar.

— Eu sei — respondeu Montalbano. Reduziu a velocidade e pegou a bolsa que havia guardado atrás do assento de Ingrid. — Quero que você veja uma coisa.

E pôs a bolsa nos joelhos dela. Ingrid olhou-a e pareceu realmente surpresa.

– Como é que foi parar com você?

– É sua?

– Claro que é minha, olha aqui, tem as minhas iniciais.

Ao perceber que as duas letras estavam faltando, a moça ficou ainda mais espantada.

– Devem ter caído – comentou, baixinho, mas não parecia convencida. Começava a perder-se num labirinto de perguntas sem resposta; agora alguma coisa começava a preocupá-la, isso era evidente.

– Suas iniciais ainda estão aí, você não percebeu porque estamos no escuro. As letras foram arrancadas, mas a marca ficou no couro.

– Mas por que arrancaram? E quem?

Sua voz revelava agora um tom de aflição. O comissário não respondeu, mas sabia muito bem por que haviam feito isso: justamente para levá-lo a acreditar que Ingrid tivesse tentado fazer a bolsa parecer anônima. Haviam chegado à altura da estradinha que levava ao cabo Massaria, e Montalbano, que acelerou como se fosse seguir em frente, deu uma guinada violenta e entrou por ali. Num instante, e sem uma palavra, Ingrid escancarou a porta, desceu agilmente do carro em movimento e fugiu por entre as árvores. O comissário freou, aos palavrões, pulou do carro e começou a segui-la. Poucos segundos depois, deu-se conta de que jamais poderia alcançá-la e parou, indeciso: justamente nessa hora, viu-a cair. Quando ele se aproximou, Ingrid, que não conseguira se levantar, interrompeu seu monólogo sueco, que claramente exprimia medo e raiva.

– Vai tomar no cu! – e continuou a massagear o tornozelo direito.

– Levanta daí e não faça mais nenhuma besteira.

Ela obedeceu com dificuldade, apoiando-se em Montalbano, que tinha permanecido imóvel, sem ajudá-la.

A cancela abriu-se com facilidade, mas a porta de entrada ofereceu alguma resistência.

– Deixa que eu abro – disse Ingrid, que o havia seguido sem fazer um gesto, como se resignada. Mas havia organizado seu plano de defesa.

– Até porque, aí dentro, você não vai achar nada – disse ela na soleira, em tom de desafio.

Segura de si, acendeu a luz, mas, ao ver os móveis, as fitas de vídeo, a sala perfeitamente arrumada, não escondeu um movimento de surpresa: uma ruga formou-se em sua testa.

– Mas me disseram...

Controlando-se logo, ela não concluiu a frase. Ergueu os ombros e olhou Montalbano, esperando o próximo passo dele.

– No quarto – disse o comissário.

Ingrid abriu a boca, ia fazendo alguma piadinha fácil mas desistiu, virou-se, entrou mancando no outro aposento e acendeu a luz, desta vez sem mostrar qualquer surpresa. Parecia esperar que tudo estivesse em ordem. Sentou-se no pé da cama. Montalbano abriu a porta esquerda do guarda-roupa.

– Você sabe de quem são estas roupas?

– Suponho que de Silvio, o engenheiro Luparello.

Ele abriu a porta do meio.

— Estas perucas são suas?

— Nunca usei peruca.

Quando ele abriu a porta da direita, Ingrid fechou os olhos.

— É melhor olhar, assim você não resolve nada. São suas?

— São. Mas...

— ...mas não deviam estar mais aqui – concluiu Montalbano por ela.

Ingrid estremeceu.

— Como é que você sabe? Quem disse?

— Ninguém me disse nada, eu entendi sozinho. Sou policial, lembra? A bolsa também estava no guarda-roupa?

Ingrid fez um gesto afirmativo com a cabeça.

— E o colar que você diz ter perdido, onde estava?

— Dentro da bolsa. Uma vez tive que usar, depois estive aqui e deixei aí dentro.

Fez uma pausa e encarou longamente o comissário.

— O que significa isso tudo?

— Vamos voltar pra sala.

Ingrid pegou um copo no aparador, encheu-o de uísque puro até a metade, bebeu-o praticamente de um trago só e encheu-o outra vez.

— Quer?

Montalbano disse que não. Tinha se sentado no sofá e olhava o mar; a luz era suave o bastante para deixá-lo entrever além da vidraça. Ingrid veio sentar-se ao lado dele.

— Estive aqui observando o mar em ocasiões melhores.

Ela escorregou um pouquinho no sofá e apoiou a cabeça no ombro do comissário. Ele não se mexeu; de repente tinha compreendido que esse gesto não era uma tentativa de sedução.

– Ingrid, lembra o que eu lhe disse no carro? Que nossa conversa seria oficiosa?

– Lembro.

– Responda sinceramente. Aqueles vestidos no guarda-roupa foi você quem trouxe ou alguém botou ali?

– Eu trouxe. Podia precisar.

– Você era amante de Luparello?

– Não.

– Como, não? Aqui você parece ser de casa.

– Eu só fui pra cama com Luparello uma vez, seis meses depois que cheguei a Montelusa. Depois, nunca mais. Ele me trouxe aqui. Acontece que ficamos amigos, amigos de verdade, como nunca me aconteceu com um homem, nem mesmo no meu país. Eu podia dizer tudo a ele, tudo mesmo, quando me metia em alguma confusão ele conseguia resolver, sem me fazer perguntas.

– Vai querer que eu acredite que, na única vez em que esteve aqui, você trouxe vestidos, jeans, calcinhas, bolsa e colar?

Ingrid se afastou, irritada.

– Não quero fazer você acreditar em nada. Eu estava contando. Depois de algum tempo, perguntei a Silvio se podia usar esta casa de vez em quando, e ele disse que sim. Só me pediu uma coisa: pra ser muito discreta e nunca dizer a ninguém quem era o dono daqui.

– Quando você decidia vir, como fazia pra saber que o lugar estava livre e à sua disposição?

— Tínhamos combinado uma série de toques do telefone. Com Silvio eu mantive a palavra. Só trazia aqui um homem, sempre o mesmo.

Ela bebeu um gole demorado, os ombros pareciam ter caído.

— Um homem que de dois anos pra cá resolveu entrar à força na minha vida. Porque eu, depois, não queria mais.

— Depois de quê?

— Depois da primeira vez. Eu tinha medo da situação. Mas ele estava... está como quem é cego, tem, como se diz, obsessão por mim. Só física. Todo dia quer ficar comigo. Depois, quando eu trago ele aqui, cai em cima de mim, fica violento, rasga minha roupa. Por isso é que eu tenho aquelas coisas no armário.

— Esse homem sabe de quem é a casa?

— Eu nunca falei, e ele também nunca me perguntou. Porque, veja bem, ele não tem ciúme, apenas me deseja, não se cansa nunca de transar comigo, a toda hora quer me agarrar.

— Entendo. E Luparello? Ele sabia quem você trazia aqui?

— A mesma coisa. Não me perguntou, e eu também não contei.

Ingrid se levantou.

— Não podemos ir conversar em outro lugar? Este lugar agora me deprime. Você é casado?

— Não — respondeu Montalbano, surpreso.

— Vamos pra sua casa — propôs ela, e sorriu sem alegria. — Eu avisei que as coisas acabariam assim, não?

# 13

Os dois ficaram uns quinze minutos em silêncio, nem um nem outro sentia vontade de falar. Mais uma vez, contudo, o comissário estava cedendo à sua natureza de tira. De fato, junto à entrada da ponte que transpunha o Canneto, encostou, travou o freio de mão, desceu e mandou que Ingrid descesse. Do alto da ponte, mostrou-lhe o leito seco, que se adivinhava à luz da lua.

– Veja – disse ele –, este leito de rio vai direto até a praia. Tem um declive forte e está cheio de pedras e rochas. Você conseguiria descer isto aqui de carro?

Ingrid examinou o percurso, só o primeiro trecho, aquele que dava para ver, ou melhor, para adivinhar.

– Não sei dizer. Se fosse de dia, seria diferente. Mesmo assim, posso tentar, se você quiser.

Ela sorriu e espiou o comissário com os olhos semicerrados.

– Você se informou bem sobre mim, hein? E agora, eu faço o quê?

— Desça isso aí.

— Tudo bem. Me espere aqui.

Ingrid entrou no carro e partiu. Em poucos segundos, Montalbano perdeu de vista a luz dos faróis.

"Era só o que faltava. Ela me tapeou", supôs o comissário.

Quando já se dispunha à longa caminhada até Vigàta, ouviu-a retornar, o motor do carro dando verdadeiros urros.

— Talvez eu consiga. Você tem lanterna?

— Está no porta-luvas.

Ingrid ajoelhou-se, iluminou embaixo do automóvel e se levantou.

— Tem um lenço?

Montalbano entregou-lhe o dele, e Ingrid improvisou uma faixa bem apertada para o tornozelo, que doía.

— Entra aqui.

De marcha à ré, ela seguiu por uma estradinha esburacada que, partindo da provincial, ia até embaixo da ponte.

— Vou tentar, comissário. Mas não esqueça que eu estou com um pé fora de uso. Ponha o cinto de segurança. É pra correr?

— Sim, mas o importante é chegarmos à praia sãos e salvos.

Ingrid engrenou a primeira e partiu em disparada. Foram dez minutos de contínuos e ferozes solavancos, e a certa altura Montalbano teve a impressão de que sua cabeça desejava ardentemente destacar-se do resto do corpo e voar pela janela. Ingrid, ao contrário, mantinha-se tranquila, decidida, dirigia com a ponta da língua para fora, e o comissário sentiu o impulso de recomendar-lhe que não a deixasse assim, podia cortá-la com uma mordida involuntária. Finalmente, chegaram à praia.

— Passei no exame? — perguntou a moça.

Os olhos dela brilhavam no escuro. Estava excitada e contente.

— Sim, passou.

— Vamos fazer de novo, subindo.

— Ficou maluca? Chega.

Ingrid tinha usado o termo certo, ao chamar aquilo de exame. Só que era um exame que não tinha resolvido nada. Ela sabia tranquilamente percorrer aquele caminho, e esse era um ponto em seu desfavor; mas o pedido do comissário não a deixara nervosa, apenas surpreendida, e isso era um ponto a seu favor. O fato de não ter quebrado nada no carro, como considerar? Sinal positivo ou negativo?

— E então? Vamos repetir? Puxa, este foi o único momento da noite em que eu me diverti.

— Não, eu já disse que não.

— Então dirija você, meu tornozelo está doendo.

O comissário dirigiu pela beira do mar e confirmou que o carro estava em ordem, nada quebrado.

— Você é mesmo boa nisso.

— Olha, qualquer um pode descer aquilo lá — disse Ingrid, agora profissional e séria. — A habilidade consiste em conseguir chegar ao fim do trajeto com o carro nas mesmas condições em que saiu. Porque depois, também, você se vê numa estrada asfaltada, não uma praia como esta, e precisa correr. Não sei se me expliquei bem.

— Explicou superbem. Quem, por exemplo, descer e chegar à praia com a suspensão quebrada não sabe fazer isso.

Haviam chegado ao curral e Montalbano dobrou à direita.

— Está vendo aquela moita grande? Luparello foi achado ali.

Ingrid não disse nada, sequer mostrou muita curiosidade. Percorreram a trilhazinha, naquela noite havia pouco movimento, e chegaram ao muro da fábrica velha.

— Aqui, a mulher que estava com Luparello perdeu o colar e jogou a bolsa por cima do muro.

— A minha bolsa?

— Sim.

— Não fui eu — murmurou Ingrid —, e juro a você que não sei nada dessa história.

Quando chegaram à casa de Montalbano, Ingrid não conseguiu sair do carro. O comissário teve de segurá-la pela cintura, enquanto ela se apoiava no ombro dele. Assim que entrou, a moça se jogou na primeira cadeira que estava ao seu alcance.

— Cristo! Agora está doendo pra valer.

— Vá lá dentro e tire a calça, pra eu enfaixar seu tornozelo.

Ingrid levantou-se com um gemido e saiu mancando, segurando-se nos móveis e nas paredes.

Montalbano ligou para o comissariado. Fazio informou-lhe que o frentista tinha se lembrado de tudo, identificara perfeitamente o homem ao volante, aquele que alguém quis matar. Era Turi Gambardella, da turma dos Cuffaro, como se queria demonstrar.

— Galluzzo — continuou Fazio — foi à casa de Gambardella e a mulher disse que ele não aparece há dois dias.
— Eu teria ganho a aposta com você — disse o comissário.
— Por que, o senhor acha que eu seria bobo de apostar?
Montalbano escutou o barulho de água no banheiro, Ingrid devia pertencer àquela categoria de mulheres que não sabem resistir à visão de um chuveiro. Discou o número do celular de Gegè.
— Está sozinho? Dá pra falar?
— Sozinho eu tô, mas, pra falar, depende.
— É só pra lhe pedir um nome. Uma informação que não te compromete, entendeu? Mas eu quero uma resposta exata.
— O nome de quem?
Montalbano explicou, e Gegè não teve dificuldade de dizer o tal nome, acrescentando ainda, como contrapeso, um apelido.

Ingrid havia se deitado na cama, tendo por cima do corpo uma toalha de mão das grandes, mas que a cobria muito pouco.
— Desculpe, eu não consigo ficar em pé.
Montalbano pegou numa prateleira do banheiro um tubo de pomada e um rolo de gaze.
— Me dá a perna aqui.
No movimento, a minúscula tanga que ela usava escorregou, e também um seio, que parecia pintado por um pintor entendido em mulher, mostrou um biquinho que parecia olhar em torno, curioso pelo ambiente desconhecido. Mais uma vez, Montalbano percebeu que não havia em Ingrid nenhuma vontade de seduzir, e sentiu-se agradecido.

— Daqui a pouco a dor melhora, você vai ver — disse ele, depois de espalhar a pomada no tornozelo dela, envolvendo-o a seguir com a gaze, bem apertada. Ingrid não tirou o olho dele o tempo todo.

— Você tem uísque? Me dá meio copo, sem gelo.

Era como se os dois se conhecessem a vida inteira. Montalbano puxou uma cadeira, depois de entregar a ela o copo, e sentou-se junto à cama.

— Sabe de uma coisa, comissário? — perguntou Ingrid, com os olhos verdes brilhando. — Você é o primeiro homem de verdade que eu conheci de cinco anos pra cá.

— Melhor do que Luparello?

— Sim.

— Obrigado. Agora, responda ao que eu vou lhe perguntar.

Montalbano ia abrindo a boca quando ouviu tocarem a campainha da porta. Não estava esperando ninguém e foi abrir, perplexo. Na soleira estava Anna, sem uniforme, sorrindo para ele.

— Surpresa!

A jovem o empurrou para o lado e entrou.

— Obrigada pelo entusiasmo. Por onde você andou durante a noite inteira? No comissariado me disseram que você estava aqui, eu vim, estava tudo escuro, telefonei pelo menos umas cinco vezes, nada, e depois finalmente vi a luz acesa.

Anna encarou atentamente Montalbano, que não abrira a boca.

— O que é que você tem? Ficou mudo? Bom, escute...

Interrompeu-se. Pela porta aberta do quarto, havia visto Ingrid, seminua com um copo na mão. Anna primeiro ficou pálida, depois enrubesceu.

— Desculpem — murmurou, e saiu correndo.

— Vai atrás dela! — gritou Ingrid a Montalbano. — Explique tudo! Eu vou embora.

Furioso, o comissário deu um pontapé na porta da rua que fez a parede vibrar, enquanto se ouvia o barulho do carro de Anna, a qual arrancava cantando pneu com a mesma raiva com que batera a porta.

— Eu não tenho obrigação de explicar nada pra ela, caralho!

— Vou embora? — Ingrid se erguera a meio na cama, com os seios triunfantes, fora da toalha.

— Não. Mas cubra-se.

— Desculpe.

Montalbano tirou o paletó e a camisa, botou a cabeça por alguns instantes sob a água da torneira do banheiro e voltou a sentar-se ao lado da cama.

— Quero saber direito a história do colar.

— Bom, na segunda-feira passada o meu marido, Giacomo, foi acordado por um telefonema que eu não entendi, estava morrendo de sono. Ele se vestiu correndo e saiu. Voltou duas horas depois e me perguntou onde tinha ido parar o colar, que há tempos ele não via por ali. Eu não podia responder que o colar não estava em nossa casa, mas na de Silvio, dentro da bolsa, e se ele me pedisse pra mostrar eu não saberia o que dizer. Então, falei que tinha perdido há pelo menos um ano, e que não tinha contado antes porque fiquei com medo de ele ficar com raiva, aquele colar valia um monte de dinheiro, e ainda por cima Giacomo é que tinha me dado de presente, ainda na Suécia. Então ele me mandou assinar um papel em branco, disse que era para o seguro.

– E a história do curral, de onde saiu?

– Ah, isso foi depois, quando ele voltou para o almoço. Explicou que o advogado dele, Rizzo, tinha dito que pra receber o seguro precisava de uma explicação mais convincente sobre a perda e tinha sugerido a história do cural.

– Curral – corrigiu pacientemente Montalbano, aquela pronúncia lhe dava aflição.

– Curral, curral – repetiu Ingrid. – Sinceramente, a história não me convenceu, achei ela torta, muito inventada. Então Giacomo me assinalou que aos olhos de todo mundo eu passava por uma puta, e portanto era o caso de se pensar que eu tinha tido uma ideia como aquela, de pedir pra ir ao curral.

– Entendo.

– Mas eu não entendo!

– Eles pretendiam te ferrar.

– Não conheço essa palavra.

– Veja bem: Luparello morre no curral ao lado de uma mulher que convenceu ele a ir até lá, concorda?

– Concordo.

– Bom, querem fazer acreditar que essa mulher era você. A bolsa é sua, o colar é seu, os vestidos na casa de Luparello também, você sabe fazer a descida do Canneto... Era pra eu chegar a uma só conclusão: essa mulher se chama Ingrid Sjöström.

– Entendi – disse ela, e calou-se, os olhos fixos no copo que segurava. Depois, estremeceu.

– Não é possível.

– O quê?

— Que Giacomo concorde com essa gente que quer me ferrar, como diz você.

— Ele pode ter sido obrigado a concordar. A situação econômica do seu marido não está muito boa, sabia?

— Ele não fala disso, mas eu já percebi. Tenho certeza, no entanto, de que se ele fez isso não foi por dinheiro.

— Disso eu também estou quase convencido.

— Mas por que, então?

— Haveria outra explicação, ou seja, que seu marido tenha sido obrigado a te envolver pra salvar uma pessoa que pra ele tem mais importância do que você. Espera aí.

Montalbano foi até o outro aposento, onde havia uma pequena escrivaninha coberta de papéis, e pegou o fax que Nicolò Zito lhe mandara.

— Mas salvar uma outra pessoa de quê? — perguntou Ingrid, assim que o viu voltar. — Se Silvio morreu fazendo amor, não é culpa de ninguém, ele não foi assassinado.

— Proteger não da lei, Ingrid, mas de um escândalo.

A moça começou a ler o fax, primeiro surpresa e depois divertindo-se cada vez mais, até rir abertamente com o episódio do clube de polo. De repente, ensombreceu-se, largou o fax na cama e inclinou a cabeça para o lado.

— Era ele, o teu sogro, o homem que você levava à garçonnière de Luparello?

Ingrid fez um esforço evidente para responder.

— Era. E vejo que estão comentando em Montelusa, por mais que eu tenha feito tudo pra isso não acontecer. É a coisa mais desagradável que já me aconteceu na Sicília, desde que eu estou aqui.

— Não precisa me contar os detalhes.

— Quero explicar que não fui eu quem começou. Dois anos atrás, meu sogro ia participar de um congresso em Roma. Convidou Giacomo e a mim, mas na última hora meu marido não pôde viajar, insistiu pra eu ir, eu não conhecia Roma. Correu tudo bem, mas justamente na última noite o meu sogro entrou no meu quarto. Parecia doido, gritando, me ameaçando, eu transei pra ver se ele se acalmava. Na volta, no avião, quase chorou, disse que aquilo não ia acontecer mais. Você sabe que a gente mora no mesmo palacete? Bom, uma tarde meu marido estava fora e eu, na cama, aí o meu sogro se apresentou como naquela noite, tremia todo. Tive medo desta vez também, a empregada estava na cozinha... No dia seguinte, pedi a Giacomo pra gente se mudar, ele caiu das nuvens, eu insisti, brigamos. Voltei ao assunto outras vezes e ele sempre respondia que não. Tinha razão, do ponto de vista dele. E meu sogro continuava insistindo, me beijava, me agarrava sempre que podia, se arriscando a ser visto pela mulher dele, por Giacomo. Foi por isso que eu pedi a Silvio que de vez em quando me emprestasse a casa.

— Seu marido desconfia?

— Não sei, já pensei nisso. Às vezes acho que sim, às vezes, não.

— Mais uma pergunta, Ingrid. Quando nós chegamos ao cabo Massaria, você me disse, enquanto abria a porta, que lá dentro eu não ia encontrar nada. Mas, quando viu que estava tudo lá, e do jeito de sempre, ficou muito surpresa. Alguém lhe garantiu que haviam tirado tudo da casa de Luparello?

— Sim, Giacomo disse.

— Mas então o seu marido sabia?
— Espera, não me confunda. Quando Giacomo disse o que eu devia falar se os caras do seguro me fizessem perguntas, ou seja, que eu tinha ido com ele ao curral, fiquei preocupada com outra coisa, o perigo de mais dia menos dia, com Silvio morto, alguém descobrir a casinha dele e lá dentro os meus vestidos, a bolsa e as outras coisas.
— Quem você acha que descobriria?
— Sei lá, a polícia, a família dele... Então eu contei tudo a Giacomo, mas pregando uma mentira, não falei nada do pai dele, insinuei que ficava lá com Silvio. De noite ele me disse que estava tudo resolvido, um amigo ia cuidar disso, se alguém descobrisse a casinha do cabo Massaria só ia ver paredes nuas. E eu acreditei. O que é que você tem?

Montalbano foi apanhado de surpresa pela pergunta.
— O que é que eu tenho, como?
— Você está botando a mão na nuca o tempo todo.
— Ah, sim. Está doendo. Deve ter sido quando a gente desceu o Canneto. E o seu tornozelo?
— Melhor, obrigada.

Ingrid começou a rir; passava rapidamente de um estado de espírito a outro, como acontece com as crianças.
— Do que você está rindo?
— Sua nuca, meu tornozelo... Estamos parecendo dois pacientes de hospital.
— Você consegue se levantar?
— Por mim, eu ficaria aqui até amanhã de manhã.
— Ainda temos o que fazer. Vista-se. Você acha que pode dirigir?

# 14

O carro vermelho de Ingrid, achatado como um linguado, ainda se encontrava no estacionamento do bar de Marinella. Havia sido considerado chamativo demais para ser roubado, uma vez que não existiam muitos daqueles circulando por Montelusa e província.

– Pegue o seu carro e me siga – disse Montalbano. – Vamos voltar ao cabo Massaria.

– Ah, meu Deus! Pra fazer o quê? – reclamou Ingrid, que não tinha a menor vontade de repetir a dose, e o comissário o sabia muito bem.

– É do seu próprio interesse.

À luz do farol alto, que ele acabara de ligar, o comissário percebeu que a cancela da estradinha estava aberta. Desceu e aproximou-se do carro de Ingrid.

– Me espere aqui. Desligue o farol. Sabe se fechamos a cancela quando fomos embora?

– Não me lembro bem, mas acho que sim.
– Manobre o carro, com o mínimo de barulho.
A moça obedeceu. A frente do automóvel agora apontava para a estrada provincial.
– Preste bem atenção. Eu vou descer até lá, e você fique de ouvido ligado: se me escutar gritando ou perceber alguma coisa esquisita, não pense duas vezes, arranque e volte pra sua casa.
– Você acha que lá dentro tem alguém?
– Não sei. Faça como eu disse.
Montalbano pegou no carro a bolsa e a pistola. Aproximou-se, procurando caminhar de leve, e desceu a escada. Desta vez, a porta de entrada se abriu sem opor resistência ou fazer ruído. Ele transpôs a soleira, pistola em punho. O salão estava debilmente iluminado pelo reflexo do mar. Com um pontapé, o comissário escancarou a porta do banheiro e logo a seguir as outras, sentindo-se, se aquilo fosse uma comédia, como um herói de certos filmes americanos de tevê. Na casa não havia ninguém, nem se percebiam indícios de que alguém tivesse estado ali, e Montalbano logo se convenceu de que ele mesmo havia esquecido de fechar a cancela. Abriu a vidraça do salão e olhou lá embaixo. Naquele ponto, o cabo Massaria projetava-se sobre o mar como a proa de um navio. A água ali devia ser profunda. Ele encheu a bolsa com uns talheres de prata e um pesado cinzeiro de cristal, girou-a acima da cabeça e jogou-a longe. Ninguém a encontraria assim tão facilmente. Depois, foi até o quarto, tirou do guarda-roupa tudo o que pertencia a Ingrid e saiu, preocupando-se em conferir se estava deixando a porta bem fechada. Mal surgiu no alto da escada, foi atingido pela luz do farol do carro de Ingrid.

— Eu tinha dito pra você desligar o farol. E por que manobrou o carro outra vez?

— Se acontecesse algum problema, eu não queria deixar você sozinho.

— Toma aqui as suas roupas.

Ela pegou-as e jogou-as no banco do carona.

— E a bolsa?

— Joguei no mar. Agora volte pra casa. Eles não têm mais nada pra te ferrar.

Ingrid desceu, aproximou-se de Montalbano e abraçou-o. Ficou assim um pouquinho, com a cabeça apoiada no peito dele. Depois, sem olhar para ele de novo, voltou a entrar no carro, engrenou a marcha e saiu.

Bem na entrada da ponte sobre o Canneto havia um automóvel parado, quase obstruindo a passagem, e um homem de pé, debruçado sobre o teto, as mãos cobrindo o rosto, balançando-se levemente.

— Algum problema? — perguntou Montalbano, freando.

O homem voltou-se. Tinha o rosto coberto pelo sangue que escorria de um ferimento grande, bem no meio da testa.

— Um corno — respondeu.

— Não entendi, explique-se melhor. — Montalbano desceu do carro e se aproximou.

— Eu vinha por aqui tranquilamente e um filho da puta me ultrapassou, quase me jogando pra fora da estrada. Eu me emputeci e comecei a correr atrás dele, buzinando e com o farol alto. Aí ele freou e se atravessou na estrada. Desceu, com uma coisa na mão que não deu pra ver o que era, eu

me apavorei achando que fosse uma arma. Ele chegou perto de mim, com o vidro abaixado, e sem dizer uma palavra me deu uma porrada com aquela coisa. Depois eu percebi que era uma chave inglesa.
— Precisa de ajuda?
— Não, o sangue está parando.
— Quer prestar queixa?
— Não me faça rir, me dói a cabeça.
— Quer que eu o acompanhe ao hospital?
— O senhor faz o favor de ir cuidar da sua vida?

Há quanto tempo ele não tinha uma noite de sono como Deus manda? Agora era esta porcaria de dor no pescoço que não lhe dava sossego, não adiantava ficar de barriga para baixo ou para cima, ela continuava, não fazia diferença, prosseguia, funda, persistente, sem fisgadas agudas, o que talvez fosse pior. Montalbano acendeu a luz: eram quatro horas da manhã. Na mesa de cabeceira ainda estavam a pomada e o rolo de gaze que ele usara para o curativo em Ingrid. Pegou-os, espalhou um pouco de pomada na nuca olhando-se no espelho do banheiro, talvez aquilo aliviasse, e depois enfaixou o pescoço com a gaze, prendendo-a com esparadrapo. A faixa talvez tivesse ficado muito apertada, estava difícil mexer a cabeça. Montalbano olhou-se outra vez. E foi então que um flash ofuscante explodiu em seu cérebro, a ponto de escurecer a luz do banheiro; ele se sentiu como um personagem de história em quadrinhos dotado de olhar com poderes de raios X, daqueles que conseguem ver até dentro das coisas.

No ginásio, tivera um velho padre como professor de religião. "A verdade é luz", dissera o professor um dia.

Montalbano era um aluno preguiçoso. De poucos estudos, ficava sempre na última carteira.

"Isso significa que, se numa família todo mundo falar a verdade, a coisa fica preta."

Esse tinha sido seu comentário em voz alta, e por isso ele fora expulso da sala.

Agora, mais de trinta anos depois, pediu desculpas mentalmente ao velho padre.

– Que cara feia, a do senhor! – exclamou Fazio, assim que o viu chegar ao comissariado. – Está se sentindo mal?

– Me deixa em paz – foi a resposta de Montalbano. – Notícias de Gambardella? Encontraram?

– Nada. Desapareceu. Tudo indica que a gente vai acabar achando ele esticado no mato e comido pelos cachorros.

Montalbano, que conhecia o *brigadiere* havia muitos anos, percebeu no tom de voz dele alguma coisa diferente.

– O que foi?

– Gallo foi ao pronto-socorro, machucou um braço, nada sério.

– Como foi que aconteceu?

– Com a viatura.

– Ele estava correndo? Bateu?

– É.

– Você precisa de parteira pra parir as palavras?

– Bom, eu mandei ele urgente ao mercado da cidade, teve uma confusão, ele saiu correndo, o senhor sabe como

ele é e aí derrapou e bateu num poste. A viatura foi rebocada pro nosso estacionamento de Montelusa, nos deram outra.
— Fale a verdade, Fazio: tinham cortado os pneus?
— Tinham.
— E Gallo não olhou antes, como eu já mandei fazer cem vezes? Vocês não querem entender que cortar os nossos pneus é o esporte nacional desta porra de lugar? Diga a ele que não se apresente hoje por aqui, porque se aparecer eu rasgo o rabo dele.

O comissário bateu a porta do gabinete, estava realmente furioso. Remexeu dentro de uma latinha onde guardava de tudo, de selos a botões caídos. Achou a chave da fábrica velha e saiu sem dizer até logo.

Sentado na trave podre ao lado da qual havia encontrado a bolsa de Ingrid, ele olhava aquilo que da outra vez lhe parecera um objeto indefinível, uma espécie de braçadeira gigante para tubos, e que agora claramente se individualizava: um colar ortopédico, ainda novo, embora se percebesse que havia sido usado. Por uma espécie de sugestão, sua nuca recomeçou a doer. Ele ergueu-se, apanhou o objeto, saiu da fábrica velha e voltou ao comissariado.

— Comissário? Aqui é Stefano Luparello.
— Diga, engenheiro.
— Eu ontem avisei ao meu primo Giorgio que o senhor queria vê-lo hoje às dez horas. Mas, cinco minutos atrás, me ligou a minha tia, a mãe dele. Não creio que Giorgio possa ir encontrá-lo, como o senhor desejava.
— O que aconteceu?

— Não sei exatamente, mas parece que ele passou a noite fora de casa, foi o que disse minha tia. Voltou agora há pouco, ali pelas nove horas, e estava em condições de dar pena.

— Desculpe, engenheiro, mas me pareceu que a senhora sua mãe tinha dito que ele morava com vocês.

— É verdade, mas só até a morte do meu pai. Depois se mudou para a casa dele. Sem papai, ele não se sentia bem conosco. Bom, a minha tia chamou o médico, que deu nele uma injeção calmante. Agora ele está dormindo profundamente. Me dá muita pena, sabe? Talvez ele fosse apegado demais ao meu pai.

— Compreendo. Bom, se o senhor vir o seu primo, diga que eu realmente vou precisar muito falar com ele. Mas sem pressa, nada de importante, quando puder.

— Sem dúvida. Ah, a mamãe, que está aqui ao meu lado, manda lembranças ao senhor.

— Lembranças a ela também. Diga que eu... Sua mãe é uma mulher extraordinária, engenheiro. Diga que eu tenho muito respeito por ela.

— Vou dizer, obrigado.

Montalbano passou ainda uma hora assinando papéis e outras tantas escrevendo. Eram questionários do ministério, tão complexos quanto inúteis. Galluzzo, agitadíssimo, não somente não bateu à porta, mas escancarou-a com tanta força que a fez bater contra a parede.

— Mas que merda! O que foi?

— Acabei de saber por um colega de Montelusa. Mataram o advogado Rizzo. A tiros. Foi achado junto do carro dele, perto de San Giusippuzzu. Se o senhor quiser, me informo melhor.

— Esquece, eu vou até lá.
Montalbano olhou o relógio; eram onze horas. Saiu às pressas.

Na casa de Saro, ninguém respondia. Montalbano bateu à porta ao lado e uma velhinha com ar guerreiro veio abrir.
— Mas o que é isso? Sabia que tá incomodando?
— Desculpe, minha senhora, eu estou procurando a família Montaperto.
— Família Montaperto? Mas que família, não é de respeito! É tudo lixeiro de merda!
O clima entre os dois apartamentos não devia ser dos melhores.
— O senhor é quem?
— Um comissário de segurança pública.
O rosto da velha se iluminou e ela começou a gritar, com agudas notas de contentamento.
— Turiddru! Turiddru! Vem aqui correndo!
— Qui foi? – perguntou um ancião magrela, aproximando-se.
— Este senhor é comissário! Viu que eu tinha razão? Viu que os guardas tão procurando eles? Viu que era gente sonsa? Viu que fugiram pra não acabar na cadeia?
— Quando foi que eles fugiram, minha senhora?
— Num faz nem meiora. Com o minino. Se o senhor correr, capaz que pegue eles no caminho.
— Obrigado, minha senhora. Vou correr.
Saro, a mulher e o garotinho haviam conseguido.

Ao longo da estrada para Montelusa, o comissário foi parado duas vezes, primeiro por uma patrulha de montanheses e depois por outra de *carabinieri*. O pior aconteceu no caminho para San Giusippuzzu: entre barreiras e controles, ele praticamente gastou três quartos de hora para fazer menos de cinco quilômetros. No lugar estavam o chefe de polícia, o coronel dos *carabinieri* e a chefatura inteira de Montelusa. Até Anna, que fingiu não o ver. Jacomuzzi olhava ao redor, procurando alguém para contar tudo, de cabo a rabo. Assim que percebeu Montalbano, correu ao encontro dele.

— Uma execução clássica, sem dó nem piedade.

— Quantos eram?

— Só um, pelo menos quem atirou foi um só. O pobre do advogado passou pelo escritório às seis e meia da manhã, pegou uns papéis e saiu na direção de Tabbíta, pra um encontro com um cliente. Do escritório ele saiu sozinho, isto é certo, mas no caminho embarcou alguém que ele conhecia.

— Talvez alguém que tenha pedido carona.

Jacomuzzi explodiu numa gargalhada tão forte que as pessoas se viraram para olhar.

— E você consegue imaginar Rizzo, com todos aqueles cargos, dando carona a um desconhecido, tranquilamente? Pois se precisava tomar cuidado até com a própria sombra! Você sabe melhor do que eu, quem segurava Rizzo era Luparello. Não, não, certamente foi alguém que ele conhecia, um mafioso.

— Mafioso, diz você?

— Boto a mão no fogo. A máfia subiu o preço, vem pedindo sempre mais, e nem sempre os políticos estão em condições de satisfazer essas exigências. Mas também temos outra hipótese. Talvez ele tenha saído dos trilhos, agora que se sentia mais forte, depois daquela nomeação. E os caras não perdoaram.

— Jacomuzzi, meus cumprimentos; você nessa manhã está particularmente lúcido, vê-se que cagou bem. Como pode ter tanta certeza disso que está dizendo?

— Pelo jeito como o mataram. Primeiro o cara arrebentou-lhe os colhões a chutes, depois mandou ele se ajoelhar, encostou-lhe a arma na nuca e atirou.

Instantaneamente, a dor na nuca de Montalbano voltou a incomodar.

— Qual foi a arma?

— Pasquano diz que à primeira vista, considerando o buraco de entrada e o de saída, e o fato de o cano praticamente ter sido encostado na pele, deve ter sido uma 7.65.

— Doutor Montalbano!

— O chefe está chamando você — disse Jacomuzzi, eclipsando-se.

O chefe de polícia estendeu a mão ao comissário, ambos sorriram.

— Mas até o senhor veio pra cá?

— Na verdade, chefe, eu já vou indo. Estava em Montelusa, ouvi a notícia e vim aqui por simples curiosidade.

— Até à noite, então. Veja lá, não falte, minha mulher está esperando.

Era uma suposição, apenas uma suposição, mas tão tênue que, se ele parasse um pouquinho para examiná-la, ela se desvaneceria rapidamente. Mesmo assim, Montalbano pisou fundo no acelerador e, num dos trechos bloqueados, arriscou-se a levar um tiro pelas costas. Chegando ao cabo Massaria, nem desligou o motor: pulou do carro deixando a porta escancarada, abriu facilmente a cancela e a casa e correu até o quarto. A pistola já não estava na mesa de cabeceira. Montalbano se xingou com os piores palavrões, tinha sido um idiota. Desde a primeira vez, quando havia descoberto a pistola, voltara duas vezes àquela casa com Ingrid e nem por um instante lhe ocorreu conferir se a arma continuava na gaveta, nem mesmo quando encontrou a cancela aberta e se tranquilizou, convencendo-se de que ele mesmo havia esquecido de fechá-la.

"Agora vou começar a burlequear", pensou ele, ao entrar em casa. *Burlequear* era um verbo que lhe agradava, significava zanzar de um aposento a outro sem objetivo preciso, apenas ocupando-se de coisas sem importância. E assim fez. Arrumou melhor os livros, organizou a escrivaninha, ajeitou um desenho na parede, limpou os bicos de gás do fogão. Burlequeando. Estava sem apetite, não tinha ido ao restaurante e sequer aberto a geladeira para ver o que Adelina havia preparado.

Como de hábito, tinha ligado a televisão, logo ao entrar. A primeira notícia que o locutor da Televigàta deu foi a dos detalhes do assassinato do advogado Rizzo. Os detalhes, porque a novidade daquela morte já tinha ido ao ar em edição extraordinária. O jornalista não tinha a menor dúvida; o advogado fora cruelmente eliminado pela máfia, assustada pelo fato de Rizzo ter assumido uma função de alta responsabilidade política, função na qual ele poderia incrementar melhor o combate ao crime organizado. Porque esta era a palavra de ordem da renovação: guerra sem descanso contra a máfia. Também Nicolò Zito, que tinha voltado às pressas de Palermo, falava de máfia na Retelibera, mas de maneira tão rebuscada que não se entendia nada do que ele estava dizendo. Nas entrelinhas, ou melhor, entre as palavras, Montalbano intuiu que Zito supunha um brutal acerto de contas, mas não dizia isso abertamente, por temer que, às centenas de queixas já prestadas contra ele, se acrescentasse mais uma. Depois, cansado daquele blablablá vazio, o comissário desligou a televisão, fechou as persianas para isolar a luz do dia e jogou-se na cama, vestido como estava, todo encolhido. Gostaria de se encaçapar. Outro verbo que lhe agradava, significava tanto ser espancado quanto afastar-se do convívio civil. Naquele momento, os dois significados eram mais do que válidos para Montalbano.

# 15

Mais que uma nova receita para cozinhar polvo, a invenção da sra. Elisa, a mulher do chefe de polícia, pareceu ao palato de Montalbano uma verdadeira inspiração divina. Ele serviu-se de uma segunda e abundante porção e, quando viu que também esta chegava ao fim, reduziu o ritmo da mastigação, a fim de prolongar, por menos que fosse, o prazer de saborear o prato. A sra. Elisa observava-o, feliz: como toda boa cozinheira, deliciava-se com a cara de êxtase que os comensais faziam ao experimentarem alguma coisa preparada por ela. E Montalbano, pela expressividade do rosto, estava entre os seus convidados preferidos.

– Obrigado, muito obrigado, realmente – disse por fim o comissário, e suspirou.

Em parte, aqueles polvinhos haviam operado uma espécie de milagre; mas só em parte, porque, se era verdade que Montalbano se sentia agora em paz com os homens e com Deus, também era inegável que continuava muito pouco em paz consigo mesmo.

Terminado o jantar, a senhora tirou a mesa, deixando sabiamente à mão uma garrafa de Chivas para o comissário e uma de amaretto para o marido.

— Agora vocês fiquem aí falando de seus mortos assassinados de verdade, que eu vou ver na televisão os mortos de mentira, prefiro estes.

Era um ritual repetido pelo menos uma vez a cada quinzena. Montalbano simpatizava com o chefe de polícia e com a mulher deste e essa simpatia era amplamente correspondida pelo casal. O chefe era um homem fino, culto e reservado, quase uma figura de outros tempos.

Falaram da desastrosa conjuntura política, das perigosas incógnitas que o desemprego crescente poderia trazer ao país, da conturbada situação da ordem pública. Depois, o chefe passou a uma pergunta direta.

— O senhor pode me explicar por que ainda não encerrou a história com Luparello? Hoje Lo Bianco me telefonou, preocupado.

— Estava com raiva?

— Não, já falei, só preocupado. Ou melhor, perplexo. Não consegue entender as razões pelas quais o senhor está encompridando isso. Nem eu, para falar a verdade. Escute, Montalbano, você me conhece e sabe que eu nunca me permitiria fazer a menor pressão sobre um funcionário meu para que ele decidisse desta ou daquela maneira.

— Sei muito bem.

— Portanto, se lhe pergunto agora, é por uma curiosidade pessoal, entende? Estou falando com o meu amigo Montalbano, veja bem. Um amigo de quem eu conheço a inteligência, a perspicácia, e sobretudo uma civilidade nas relações humanas bastante rara hoje em dia.

– Eu lhe agradeço, chefe, e vou ser sincero como o senhor merece. O que, de saída, não me convenceu em toda essa história foi o lugar da descoberta do cadáver. Isso destoou, e muito, de maneira gritante, da personalidade e do comportamento de Luparello, um homem esperto, prudente, ambicioso. Então me perguntei: por que ele fez isso? Por que foi até aquele lugar para ter uma relação sexual que se tornava perigosíssima naquele ambiente, a ponto de pôr em risco a imagem dele? E não achei uma resposta. Veja bem, chefe, guardadas as devidas proporções, foi como se o presidente da República morresse de infarto dançando rock numa discoteca vagabunda.

O chefe de polícia interrompeu-o com um aceno.

– Sua comparação não tem muito fundamento – observou, com um sorriso que não era bem um sorriso. – Recentemente, tivemos alguns ministros que se esbaldaram dançando em boates de quinta categoria e não morreram.

O "infelizmente" que ele quase acrescentou perdeu-se entre seus lábios.

– Mas o fato permanece – prosseguiu Montalbano, teimoso. – E essa primeira impressão me foi amplamente confirmada pela viúva do engenheiro.

– O senhor a conheceu? Aquela senhora é uma verdadeira cabeça pensante.

– Foi ela quem quis falar comigo, me mandou um recado. Na conversa que tivemos ontem, disse que o marido tinha uma *garçonnière* no cabo Massaria e me deu as chaves. Então, que motivo tinha ele para se expor num lugar como o curral?

– Eu também me perguntei a mesma coisa.

— Vamos admitir, só por um instante, por amor à discussão, que ele tenha ido até lá, que se tenha deixado convencer por uma mulher com um poder de persuasão extraordinário. Uma mulher que não era daqui, que o levou lá por um trajeto absolutamente impraticável. O senhor não esqueça que era ela quem estava ao volante.

— Como disse, uma estrada impraticável?

— Sim, não somente eu disponho de testemunhos a respeito como também mandei o meu *brigadiere* fazer esse caminho e eu mesmo o fiz. O carro dele percorreu o leito seco do rio Canneto, quebrando a suspensão. Assim que estaciona, quase dentro de uma moita enorme do curral, a mulher monta no homem que está ao lado e começa a fazer amor. E é durante esse ato que o engenheiro passa mal e morre. A mulher, no entanto, não grita nem pede socorro: com uma frieza de gelar, sai do carro, percorre lentamente a viela que leva à estrada provincial, entra num carro que vem passando e desaparece.

— Concordo em que tudo é muito estranho. A mulher pediu carona?

— Não parece, o senhor já percebeu. Sobre isso eu tenho um outro testemunho. O carro em que ela embarcou vinha correndo, inclusive com a porta aberta; o motorista sabia quem devia encontrar e apanhar sem perder um minuto.

— Queira desculpar, comissário, mas o senhor mandou registrar esses testemunhos por escrito?

— Não. Não havia razão para isso. O senhor veja, uma coisa é certa: o engenheiro morreu de causa natural. Oficialmente, eu não tinha motivo nenhum para fazer uma investigação.

– Bom, se as coisas são como o senhor diz, teria havido omissão de socorro, por exemplo.

– Isso não daria em nada, concorda?

– Concordo.

– Bem, eu estava nesse ponto quando a viúva Luparello me fez notar uma coisa fundamental, ou seja, que o marido, ao ser encontrado morto, estava com a cueca pelo avesso.

– Espere um pouco – disse o chefe –, só um momentinho. Como foi que ela soube que a cueca dele estava pelo avesso, se é que estava mesmo? Que eu saiba, ela não foi ao local nem assistiu aos levantamentos da perícia.

Montalbano preocupou-se, havia falado sem pensar, não levando em conta que devia manter Jacomuzzi fora da conversa: afinal o colega era quem tinha dado as fotos à viúva. Mas, a esta altura, não havia saída.

– Ela estava com as fotos tiradas pela perícia, não sei como as conseguiu.

– Talvez eu saiba – disse o chefe, de cara feia.

– Examinou-as cuidadosamente, com uma lente de aumento, e me mostrou. Estava certa.

– E, a partir dessa circunstância, a sra. Luparello chegou a uma conclusão?

– Isso. Ela parte do princípio de que, se por acaso o marido, ao se vestir de manhã, tivesse posto a cueca pelo avesso, inevitavelmente teria percebido o erro mais tarde. Ele era obrigado a urinar várias vezes por dia, tomava um diurético. Portanto, partindo dessa hipótese, a viúva acha que o engenheiro, flagrado numa situação no mínimo embaraçosa, teria sido obrigado a se vestir às pressas e a ir para o curral, onde, ainda de acordo com ela, seria comprometido de maneira irreparável, pelo menos capaz de fazê-lo deixar a política. Sobre isso, tem mais.

– Não me esconda nada.

– Antes de avisar à polícia, os dois varredores que encontraram o corpo se sentiram na obrigação de chamar o advogado Rizzo, que, conforme sabiam, era o alter ego de Luparello. Pois bem, Rizzo não apenas não revela surpresa, espanto, estupor, preocupação, alarme, nada, como ainda se limita a dizer que os dois devem denunciar logo o fato.

– E como é que o senhor sabe disso? Houve um grampo telefônico? – perguntou o chefe, estupefato.

– Grampo nenhum, é a transcrição fiel, por um dos varredores, dessa rápida conversa. O rapaz fez isso por razões que aqui seria longo demais explicar.

– Tinha em mente alguma chantagem?

– Não, ele estava pensando num texto de teatro. O senhor pode acreditar, não havia a menor intenção de delito. E aqui chegamos ao cerne da questão, ou seja, Rizzo.

– Espere um pouco. Eu tinha a intenção de, esta noite, achar um jeito de reprová-lo por essa sua frequente tendência a complicar o que é simples. O senhor certamente leu *Cândido*, de Sciascia. A certa altura, o protagonista afirma que quase sempre é possível que as coisas sejam mais simples, lembra-se? Eu gostaria de frisar isso.

– Sim, mas o senhor veja bem, *Cândido* diz quase sempre, não diz sempre. Ele admite exceções. E, nesse caso de Luparello, as coisas estão arrumadas de modo a parecerem simples.

– Mas em vez disso são complicadas?

– Bastante. Por falar em *Cândido*, o senhor lembra o subtítulo?

— Claro, *Um sonho na Sicília*.

— Pois é, mas aqui estamos mais numa espécie de pesadelo. Vou arriscar uma hipótese que dificilmente será confirmada, agora que Rizzo foi assassinado. Ou seja, no fim da tarde de domingo, ali pelas dezenove horas, o engenheiro telefona à esposa e avisa que vai chegar muito tarde, tem uma reunião política importante. Mas, em vez disso, segue para a sua casinha no cabo Massaria para um encontro amoroso. Vou logo dizendo que uma eventual investigação sobre a pessoa que estava com o engenheiro apresentaria muitas dificuldades, porque Luparello era ambidestro.

— O que significa isso? Na minha terra, ambidestro quer dizer que uma pessoa sabe usar indiferentemente tanto o lado direito quanto o esquerdo, seja mão ou pé.

— Impropriamente, também se diz sobre quem costuma transar indiferentemente tanto com homem quanto com mulher.

Os dois, absolutamente sérios, pareciam professores que estivessem compilando um vocabulário novo.

— Mas o que me conta?! – espantou-se o chefe.

— Quem me deu a entender, com bastante clareza, foi a sra. Luparello. E ela não tinha o menor interesse em me contar uma coisa por outra, especialmente nesse campo.

— O senhor foi à tal casinha?

— Fui. Tudo perfeitamente arrumado e limpo. Lá dentro tem coisas que pertenciam ao engenheiro e mais nada.

— Continue com sua hipótese.

— Durante o ato sexual, ou logo depois, como é provável, considerando os vestígios de esperma encontrados, Luparello morre. A mulher que está com ele...

– Um momento – interrompeu o chefe. – Como pode o senhor dizer com tanta segurança que se tratava de uma mulher, depois de ter acabado de me informar sobre o vasto horizonte sexual do engenheiro?

– Depois direi por que tenho certeza. Mas, continuando: a mulher, ao perceber que o amante morreu, fica transtornada, não sabe o que fazer, agita-se pra lá e pra cá e acaba perdendo, sem perceber, o colar que estava usando. Depois pensa um pouco e compreende que a única coisa a fazer é telefonar para Rizzo, o homem-sombra de Luparello, e pedir ajuda. Rizzo manda-a sair imediatamente dali, sugere um lugar onde ela esconda a chave, para que ele possa entrar na casa, e a tranquiliza. Ele vai pensar em tudo, ninguém vai saber daquele encontro concluído tão tragicamente. Mais calma, a mulher sai de cena.

– Sai de cena como? Não foi uma mulher que levou Luparello ao curral?

– Sim e não. Vamos prosseguir. Rizzo corre para o cabo Massaria e veste às pressas o cadáver, pretende tirá-lo dali para que ele seja achado em algum lugar menos comprometedor. Mas, a esta altura, vê o colar no chão e descobre, dentro do armário, as roupas da mulher que lhe telefonou. E aí compreende que esse pode ser o seu dia de sorte.

– Em que sentido?

– No sentido de que, agora, ele vai poder encostar todo mundo na parede, amigos e inimigos políticos, tornando-se o número 1 do partido. A mulher que telefonou é Ingrid Sjöström, uma sueca, nora do doutor Cardamone, sucessor natural de Luparello e um homem que certamente não vai querer repartir nada com Rizzo. Ora, o senhor compreende, uma coisa é um telefonema e outra é a prova incontestável de que Sjöström era a amante de Luparello. Mas Rizzo ainda tem mais a fazer. Ele sabe que a herança política do engenheiro será disputada pelos amigos correligionários; então, para eliminá-los, tem a ideia de fazê-los se envergonharem de agitar a bandeira de Luparello. É preciso que o engenheiro seja totalmente desmoralizado, enlameado. Daí lhe vem a bela ideia de fazê-lo ser achado no curral. E, já que é assim, por que não fazer acreditar que a mulher que desejou ir ao curral com Luparello, em busca de sensações estimulantes, seja justamente Ingrid Sjöström, uma estrangeira de costumes não exatamente monásticos? Se a encenação funcionar, Cardamone estará nas mãos dele. Rizzo telefona então a dois homens seus, que nós sabemos, embora sem provas, serem chegados em uma barra pesada. Um deles chama-se Angelo Nicotra, um homossexual, mais conhecido nesse meio como Marilyn.

– Como foi que o senhor descobriu até o nome?

– Quem me disse foi um informante meu, no qual tenho absoluta confiança. Em certo sentido, somos amigos.

– Gegè? Seu antigo colega de escola?

Montalbano ficou de boca aberta, fitando o chefe de polícia.

– Por que está me olhando assim? Eu também sou policial. Continue.

– Quando os seus homens chegam, Rizzo manda Marilyn se vestir de mulher, botar o colar e levar o corpo até o curral, por um caminho impraticável, o leito seco de um rio.

– O que ele ganharia com isso?

— Uma prova a mais contra Sjöström, que é campeã automobilística e sabe andar por ali.

— Tem certeza?

— Tenho. Eu estava com ela no carro, quando a mandei percorrer o leito.

— Ah, meu Deus — gemeu o chefe. — O senhor a obrigou?

— Nem por sonho! Ela estava inteiramente de acordo.

— Quer me dizer quantas pessoas o senhor já envolveu nisso? Percebe que está mexendo com um material explosivo?

— A coisa acaba numa bolha de sabão, pode acreditar. Bom, enquanto os dois vão embora com o morto, Rizzo, que se apoderou de todas as chaves de Luparello, volta a Montelusa e não tem dificuldade em apanhar todos os papéis reservados do engenheiro que mais o interessam. Enquanto isso, Marilyn executa perfeitamente o que lhe foi ordenado: desce do carro depois de simular a relação, afasta-se e, perto de uma velha fábrica abandonada, esconde o colar junto a uma touceira e joga a bolsa para o outro lado do muro.

— De que bolsa o senhor está falando?

— É da Sjöström, tem inclusive as iniciais dela. Rizzo achou-a casualmente na *garçonnière* e viu que poderia ser útil.

— Explique-me como chegou a essas conclusões.

— Veja bem, Rizzo está jogando com uma carta aberta, o colar, e uma fechada, a bolsa. O achado do colar, seja por quem for, demonstra que Ingrid estava no curral na mesma hora em que Luparello morria. Se, por acaso, alguém encontrar o colar e o guardar sem dizer nada, Rizzo ainda pode jogar com a carta da bolsa. Mas ele teve sorte, do seu ponto de vista, pois o colar foi encontrado e entregue a mim por um dos dois varredores. Ele justifica esse achado com uma desculpa, no fundo, plausível, mas enquanto isso já estabeleceu o triângulo Sjöström-Luparello-curral. A bolsa fui eu mesmo que achei, com base na discrepância entre duas testemunhas, ou seja, a mulher, ao sair do carro do engenheiro, tinha nas mãos uma bolsa que ela já não segurava quando entrou em outro carro na estrada provincial. Resumindo, os dois homens de Rizzo retornam ao cabo Massaria, arrumam tudo e devolvem a chave a ele. Ao amanhecer, Rizzo telefona a Cardamone e dá início ao jogo.

– Certo, mas também começa a jogar com a própria vida.

– Isso aí é outra história, ora se é – disse Montalbano.

O chefe de polícia encarou-o, alarmado.

– O que o senhor pretende dizer? Em que loucura está pensando?

– Simplesmente que, de tudo isso, quem sai são e salvo é Cardamone. O senhor não acha que, para ele, o assassinato de Rizzo foi absolutamente providencial?

O chefe deu um pulo, e não dava para perceber se falava sério ou gracejava.

– Escute aqui, Montalbano, não vá inventando outras ideias geniais! Deixe em paz o doutor Cardamone, que é um cavalheiro incapaz de fazer mal a uma mosca!

– Eu estava só brincando, chefe. Permita-me perguntar: alguma novidade nas investigações?

– Mas qual novidade? O senhor sabe que tipo de gente era Rizzo. Em dez pessoas, de bem ou não, que ele conhecesse, oito, de bem ou não, gostariam de vê-lo morto.

Uma selva, uma floresta de possíveis assassinos, meu caro, em primeira mão ou por encomenda. Essa sua narrativa tem certa plausibilidade somente para quem sabe de que estofo era feito o advogado Rizzo.

O chefe tomou um copinho de amaretto, degustando-o, e prosseguiu:

— O senhor me deixa fascinado com seu alto exercício de inteligência, às vezes parece um equilibrista sobre o arame, e sem rede. Porque, para falar sem rodeios, sob o seu raciocínio há um vazio. O senhor não tem prova alguma disso que me contou, tudo poderia ser interpretado de outra maneira, e um bom advogado saberia desmontar suas ilações sem muito esforço.

— Sei disso.

— E o que pretende fazer?

— Amanhã de manhã, direi a Lo Bianco que, se ele quiser arquivar, não há problema.

# 16

— Alô, Montalbano? Aqui é Mimì Augello. Acordei você? Desculpe, mas foi para tranquilizá-lo. Estou de volta. Você viaja quando?

— O voo sai de Palermo às três, portanto eu devo sair de Vigàta por volta de meio-dia e meia, logo depois do almoço.

— Então a gente não vai se ver, porque eu pretendo chegar ao comissariado um pouco mais tarde. Alguma novidade?

— Fazio lhe contará tudo.

— Quanto tempo você pretende ficar fora?

— Até quinta-feira, inclusive.

— Divirta-se e descanse. Fazio tem seu telefone em Gênova, não? Se houver algum problema sério, eu ligo.

Mimì Augello, o vice-comissário, tinha voltado pontualmente das férias, portanto ele podia viajar sem preocupações. Augello era uma pessoa competente. Montalbano telefonou para Livia, dizendo a que horas chegaria, e ela, feliz, disse que iria esperá-lo no aeroporto.

Assim que o comissário entrou no gabinete, Fazio lhe comunicou que os operários da fábrica de sal, que haviam sido todos postos em disponibilidade, piedoso eufemismo para dizer que estavam todos demitidos, tinham ocupado a estação ferroviária. As mulheres deles, deitadas nos trilhos, impediam a passagem dos trens. Os *carabinieri* já estavam lá. Eles, da polícia civil, também deviam ir?

– Pra fazer o quê?
– Ah, não sei, dar uma mãozinha.
– A quem?
– Como, a quem, doutor? Aos *carabinieri*, às forças da ordem, que também somos nós, até prova em contrário.
– Bom, se você quer mesmo dar uma mãozinha a alguém, dê ao pessoal que está ocupando a estação.
– Doutor, eu sempre achei que o senhor é comunista.

– Comissário? Stefano Luparello. Queira desculpar. O meu primo Giorgio apareceu aí?
– Não, não tenho notícias dele.
– Estamos muito preocupados aqui em casa. Assim que ele se recuperou do calmante, saiu e desapareceu de novo. Minha mãe gostaria de um conselho seu. Não seria o caso de a gente pedir à chefatura de Montelusa para procurá-lo?
– Não. Diga à sua mãe que não me parece necessário. Giorgio vai reaparecer, diga a ela que fique sossegada.
– De qualquer maneira, se o senhor souber de alguma coisa, peço-lhe que nos informe.

– Vai ser difícil, engenheiro, porque eu estou saindo para uns dias de férias, volto na sexta-feira.

Os três primeiros dias passados com Livia na casa de Boccadasse fizeram-no esquecer quase inteiramente a Sicília, graças aos vários momentos de sono profundo, recuperador, que ele pôde se permitir, abraçado a ela. Mas só quase inteiramente, porque umas duas ou três vezes, quando ele menos esperava, o cheiro, a maneira de falar, as coisas da sua terra vinham à tona, e era como se o erguessem no ar, sem peso, e o levassem por alguns instantes de volta a Vigàta. E, a cada vez, disso ele tinha certeza, Livia percebera aquele momentâneo alheamento, aquela ausência, e o fitara sem dizer nada.

Na quinta-feira à noite ele recebeu um telefonema totalmente inesperado de Fazio.

– Nada de importante, doutor, foi só pra escutar a sua voz e confirmar que amanhã o senhor volta.

Montalbano sabia muito bem que as relações do *brigadiere* com Augello não eram das mais fáceis.

– Tá precisando de consolo? Aquele Augello malvado por acaso andou te dando umas palmadas na bundinha?

– Não tem uma coisa que eu faça e ele goste.

– Um pouquinho de paciência, eu já falei que amanhã estou de volta. Alguma novidade?

– Ontem prenderam o prefeito e mais três da junta comunal. Extorsão e receptação. Nas obras de ampliação do porto.

– Finalmente aconteceu.

— É, doutor, mas não se iluda. O pessoal aqui quer copiar os juízes de Milão, só que Milão fica muito longe.

— Mais alguma coisa?

— Achamos Gambardella, lembra? Aquele que tentaram matar quando ele estava abastecendo? Não estava esticado no mato, mas encabrestado no porta-malas do carro dele, no qual depois tocaram fogo. Queimou inteirinho.

— Se queimou inteiro, como foi que vocês descobriram que Gambardella tinha sido encabrestado?

— Usaram arame, doutor.

— Amanhã a gente se vê, Fazio.

Desta vez, não tinham sido apenas o cheiro e a maneira de falar de sua terra a tomar conta dele, mas a imbecilidade, a selvageria, o horror.

Depois de fazerem amor, Livia ficou um tempinho em silêncio e a seguir pegou a mão de Montalbano.

— O que é que você tem? O que foi que o seu *brigadiere* lhe contou?

— Nada de importante, acredite.

— Então por que você ficou tristinho?

Montalbano confirmou uma convicção sua: se havia no mundo uma pessoa para quem ele poderia cantar a missa inteira, e solene, essa pessoa era Livia. Para o chefe de polícia, tinha cantado apenas meia missa e, ainda por cima, pulando trechos. Ergueu-se na cama e ajeitou o travesseiro nas costas.

— Escute.

Falou do curral, do engenheiro Luparello, do afeto que um sobrinho deste, Giorgio, nutria pelo tio, de como a certa altura esse afeto se havia (transformado? corrompido?) em amor, paixão, do último encontro na *garçonnière* do cabo Massaria, da morte de Luparello, de Giorgio enlouquecido pelo pavor do escândalo, um medo não por si mesmo, mas pela imagem, pela memória do tio, de como o rapaz tinha vestido o cadáver de qualquer jeito, arrastando-o a seguir até o carro, a fim de levá-lo dali e fazê-lo ser achado em outro lugar, falou do desespero de Giorgio ao dar-se conta de que aquele fingimento não funcionaria, pois todo mundo perceberia que ele estava transportando um morto, da ideia que o rapaz tivera de botar no engenheiro o colar ortopédico que ele mesmo havia usado e que ainda estava no carro, da tentativa de disfarçar o colar com um trapo preto, do temor que Giorgio tinha sentido, a certa altura, de sofrer um ataque de epilepsia, telefonando então a Rizzo, explicou a Livia quem era o advogado e como este havia compreendido que aquela morte, convenientemente ajeitada, podia ser a sua fortuna.

Falou também de Ingrid, do marido dela, Giacomo, do doutor Cardamone, da violência, não achou outra palavra, que este usava contra a nora ("que nojeira", comentou Livia), de como Rizzo, já desconfiado daquela relação, havia tentado envolver Ingrid, o que tinha dado certo com Cardamone, mas não com ele, Montalbano, contou sobre Marilyn e seu cúmplice, sobre a alucinante viagem de automóvel, sobre a horrenda pantomima dentro do carro parado no curral ("licença, um instantinho, preciso beber alguma coisa forte"). E, quando ela voltou, ele ainda contou os outros detalhes sórdidos, o colar, a bolsa, os vestidos, falou do torturante desespero do rapaz ao ver as fotos, ao compreender a dupla traição de Rizzo à memória de Luparello e a ele, Giorgio, que desejava salvar aquela memória a todo custo.

— Só um momentinho — interrompeu Livia, — essa Ingrid é bonita?

— Lindíssima. E, já que eu entendi muito bem o que você está pensando, digo mais: destruí todas as provas falsas contra ela.

— Não é o seu jeito de agir — fez Livia, ressentida.

— Fiz coisa muito pior, me escute bem. Rizzo, que tem Cardamone nas mãos, alcança seu objetivo político, mas comete um erro: subestima a reação de Giorgio. É um jovem de uma beleza extraordinária.

— E daí? Ele também — disse Livia, tentando brincar.

— Mas de personalidade muito frágil — prosseguiu o comissário. — Tomado pela emoção, transtornado, ele corre à *garçonnière* do cabo Massaria, pega a pistola de Luparello, encontra-se com Rizzo, enche-o de pancada e depois lhe dá um tiro na nuca.

— Você o prendeu?

— Não, já falei que fiz coisa pior do que eliminar provas. Os meus colegas de Montelusa estão pensando, hipótese que não seria descartável, que quem matou Rizzo foi a máfia. E eu escondi deles aquilo que acredito ser a verdade.

— Mas por quê?!

Montalbano não respondeu, limitando-se a abrir os braços. Livia foi até o banheiro e o comissário ouviu a água escorrendo na banheira. Quando, mais tarde, ele pediu licença para entrar, encontrou-a ainda dentro da banheira cheia, com o queixo apoiado nos joelhos dobrados.

— Você sabia que naquela casa havia uma pistola?

— Sabia.
— E a deixou lá?
— Deixei.
— Você se autopromoveu, hein? — disse Livia, depois de ficar um tempão em silêncio. — De comissário a deus, um deus de quinta categoria, mas sempre um deus.

Ao descer do avião, Montalbano precipitou-se até o bar do aeroporto. Precisava de um café depois da ignóbil lavagem que lhe haviam servido a bordo. Ouviu chamarem seu nome: era Stefano Luparello.
— Por aqui, engenheiro? Voltando para Milão?
— É, preciso retomar meu trabalho, fiquei muito tempo ausente. E também vou procurar uma casa maior. Assim que eu achar, minha mãe vai morar comigo. Não quero deixá-la sozinha.
— Faz muito bem, embora em Montelusa ela tenha a irmã, o sobrinho...
O engenheiro crispou-se.
— Mas então o senhor não soube?
— O quê?
— Giorgio morreu.
Montalbano pôs a xícara no balcão, o susto o fizera derramar o café.
— Como foi?
— O senhor lembra que, no dia de sua viagem, eu lhe telefonei para saber se ele tinha aparecido no comissariado?
— Lembro.
— Na manhã seguinte, ele ainda não tinha voltado. Então eu me senti no dever de avisar a polícia e os *carabinieri*.

Queira desculpar, mas eles fizeram umas buscas absolutamente superficiais, talvez estivessem muito empenhados em investigar o assassinato do advogado Rizzo. No domingo à tarde, um pescador viu, do barco, um automóvel caído no costão que fica bem embaixo da curva Sanfilippo. Conhece essa área? Fica pouco antes do cabo Massaria.

– Sim, conheço o lugar.

– O pescador remou na direção do carro, viu que ao volante havia um corpo e apressou-se em avisar.

– Conseguiram descobrir as causas do acidente?

– Sim. Como o senhor sabe, desde a morte de papai o meu primo entrou num permanente estado de confusão, muitos tranquilizantes, muitos sedativos. Em vez de acompanhar a curva, seguiu em frente. Vinha em alta velocidade e derrubou a mureta de proteção. Não tinha conseguido voltar ao seu normal, ele sentia uma verdadeira paixão pelo meu pai, amor mesmo.

O engenheiro disse aquelas duas palavras, paixão e amor, em tom firme, preciso, quase eliminando, pela nitidez dos contornos, qualquer possível imprecisão de sentido. O alto-falante chamou os passageiros do voo para Milão.

Foi só o tempo de sair do estacionamento do aeroporto, onde havia deixado o carro, e Montalbano pisou fundo no acelerador, não queria pensar em nada, mas concentrar-se somente na direção. Depois de uns cem quilômetros, parou à beira de um laguinho artificial, desceu, abriu o porta-malas, pegou o colar ortopédico, jogou-o na água e esperou que ele afundasse. Só então sorriu. Quis agir como um deus, Livia tinha razão. Mas aquele deus de quinta categoria, em sua primeira e, esperava, última experiência, havia acertado em cheio.

Para chegar a Vigàta, ele devia forçosamente passar diante da chefatura de Montelusa. E foi justamente ali que o seu carro decidiu morrer de repente. Montalbano tentou várias vezes dar a partida, sem resultado. Desceu e, quando ia entrando na chefatura para pedir ajuda, aproximou-se um agente que o conhecia e que havia visto suas inúteis manobras. O rapaz abriu o capô, mexeu um pouquinho no motor e voltou a fechá-lo.

– Tudo em ordem. Mas é bom o senhor mandar dar uma olhada.

Montalbano entrou no carro, virou a chave e inclinou-se para apanhar uns jornais que haviam caído. Quando se reergueu, viu Anna junto ao carro, debruçando-se pela janela aberta.

– Como vai, Anna?

A moça não respondeu, limitando-se simplesmente a encará-lo.

– E então?

– Quer dizer que você é um homem honesto? – sibilou ela.

Montalbano entendeu que ela se referia à noite em que havia flagrado Ingrid seminua, deitada na cama dele.

– Não, não sou – respondeu. – Mas não pelo motivo que você está pensando.

*fim*

# Sobre o autor

Nascido em 1925 em Agriento, Itália, Andrea Camilleri trabalhou por muito tempo como roteirista e diretor de teatro e televisão, produzindo os famosos seriados policiais do comissário Maigret e do tenente Sheridan. Estreou como romancista em 1978, mas a consagração viria apenas no início dos anos 1990, quando publicou *A forma da água*, primeiro caso do comissário Salvo Montalbano. Desde então, Camilleri recebeu os principais prêmios literários italianos e tornou-se sucesso de público e crítica em todos os países onde foi editado, com milhões de exemplares vendidos no mundo.

lepmeditores

**www.lpm.com.br**
o site que conta tudo

Impresso na Gráfica Eskenazi
São Paulo, SP, Brasil